AF599811

ARAÑAS EN LA CAMA

Sara María Toledo Sillero

Aliarediciones

Corrección: Eladia Guerrero
Diseño de cubierta: Laura S. Ayuso
Maquetación: Aliar Ediciones

Depósito Legal: GR 677-2024
ISBN: 978-84-10374-05-8

Impreso en España

Edita
ALIAR Ediciones
www.aliarediciones.es
info@aliarediciones.es

ARAÑAS EN LA CAMA

Sara María Toledo Sillero

—¿Y no le molesta un poco... ese olor?

—No, ya no. Será que me he acostumbrado.

La habitación se había ido quedando completamente a oscuras casi sin que ninguno de los dos se diera cuenta. Ahora, las siluetas de los elegantes muebles antiguos, las pinturas de los cuadros y los intrincados diseños orientales de las alfombras se habían desdibujado en una penumbra cada vez más densa, y los colores de las bellas maderas y los terciopelos de los sofás y las cortinas habían quedado reducidos a distintas texturas de negro y resplandores ámbar, todavía más o menos visibles gracias al cada vez más tenue resplandor del fuego que se iba apagando lentamente en la chimenea. Aunque no tardarían mucho en apagarse del todo, las llamas todavía alcanzaban a dar un lustre mate a la superficie de la mesita de café y un reflejo lúgubre a las copas de cristal, en las que todavía quedaba un sorbo de vino que, con aquella luz, parecía sangre.

El rostro del hombre también se había ido ensombreciendo. Había hablado mucho, y sin el menor rastro de timidez, durante las dos horas que había durado la entrevista; pero ahora parecía que fuera un elemento más de aquel mobiliario que se estaba desvaneciendo poco a poco, devorado por una oscuridad que parecía mucho más que oscuridad.

—El tiempo vuela, doctora. Y seguramente esté muy ocupada; no quiero entretenerla más.

—Ha sido un placer conversar con usted. Le mandaré un ejemplar del libro en cuanto se publique.

Él rio entre dientes e hizo un gesto lánguido con la mano, como dando a entender que casi prefería que no lo hiciera. Y era comprensible, por supuesto. Después de todo, aquella situación no dejaba de ser más extravagante de lo que ningún escritor habría imaginado que podría llegar a vivir jamás. Cualquiera se sentiría incómodo.

Incluso él.

De hecho, probablemente, sobre todo él.

—Pero antes de marcharse, señorita... —dijo, con tono un poco perentorio—, creo que todavía no me ha hecho su última pregunta. Ya sabe: esa que ha estado usted evitando, pero que le interesa mucho, tanto a usted como a mí... la verdadera razón por la que ha venido usted aquí y yo le he permitido entrar.

—¿Qué pregunta?

—La de quién, y por qué, me mató.

Pronunció estas palabras inclinándose hacia adelante, acercándose deliberada, descaradamente, para que las llamas casi extintas iluminaran de lleno su rostro de una palidez lívida, hicieran brillar su mirada vidriosa y casi ávida y destacaran su sonrisa fría, que hubiera parecido encantadora si no se le notara tanto que era una mueca burlona ya rígida, una incipiente carcajada silenciada para siempre por la muerte. Para que percibiera mejor el ligero hedor que desprendían sus ropas ya algo ajadas y oyera, sin equívoco posible, el no sonido de su respiración inexistente.

Y, a pesar de que sabía que no tenía nada que temer, que si él había aceptado aquella propuesta descabellada era precisamente porque intuía lo que quería preguntarle y él mismo deseaba poder contárselo a todo aquel que tuviera el menor interés en escucharle, sentí que cada milímetro de mi ser se convertía en hielo.

***

Hacía años que había empezado a tener ese sueño. Y todavía se me repetía de vez en cuando; sobre todo cuando pasaba alguna que otra noche en un hotel, cuanto más lejos de casa peor.

La primera vez casi me pareció normal. Naturalmente, se lo achaqué a la comida de Navidad demasiado copiosa, a la somnolencia a deshora que la había seguido, y que me había llevado a dormir una siesta tan larga como desacostumbrada, y a la macabra anécdota que nos había contado mi abuela a mi prima y a mí hacía dos o tres días, sobre cierto hotel de cuyo nombre prefería no acordarse demasiado y en el que solo pudo aguantar una semana, porque en su primer día de trabajo como camarera de habitaciones tuvo la más que dudosa suerte de ir a encontrarse con un cadáver escondido debajo de la cama en una de las habitaciones que tenía que limpiar.

—Era un hombre mayor que yo, pero bien conservado, con el pelo corto, moreno y rizado, y la piel muy bien cuidada. Tenía los ojos oscuros abiertos y fijos y un tiro en el pecho, y le resbalaba un hilillo de sangre por la comisura de los labios. No recuerdo claramente si iba bien o mal vestido, y uno de los agentes que me interrogó, que quería saber el estado exacto en que lo había encontrado, me señaló que tenía en la nariz unas marcas como de haber llevado gafas, un detalle en el que yo ni me había fijado. Pero lo que sí recuerdo, porque me llamó tanto la atención que me ocupó de repente toda la cabeza, era la sonrisa que tenía en la boca ya rígida. Porque me dio una impresión muy rara: era como si hubiera muerto burlándose de su asesino, o como si le hubieran pegado el tiro a traición mientras se reía. Parecía que, en cualquier momento, fuera a escapársele una carcajada espantosa, inhumana, de película de terror. Desde luego, yo me fui de allí casi en seguida; pero tengo entendido que el sitio sigue abierto y, cosa curiosa, con bastante éxito. Los muebles que haya en ese cuarto, si siguen siendo los mismos, se acordarán todavía del grito que pegué. Vamos, ¡es que estuve a punto de desplomarme encima del muerto de puro susto!

Mi prima había salido corriendo justo antes de que mi abuela empezara a entrar en detalles; pero yo, que ya empezaba a tener verdadera pasión por las buenas historias, tanto reales como ficticias, había escuchado el relato completo, con la boca abierta de espanto e incredulidad.

—Pero ¿qué pasó luego? ¿Te dijeron algo la policía o los dueños?

Y mi abuela se había reído, como quien se acuerda de una novatada.

—¿Qué me iban a decir? Era obvio que yo no tenía nada que ver: había llegado esa misma mañana, y el muerto ya tenía unos cuantos días.

—Y... ¿quién era? ¿Y por qué lo habían matado?

—Ni idea, tesoro. Ahí yo ya no entré. Lo que sí puedo decir es que nadie parecía entender nada: se suponía que esa habitación llevaba varios meses sin usarse, y ninguno de los ocupantes que habían estado en los cuartos contiguos se había quejado en ningún momento de haber oído ruidos de forcejeos, disparos, movimiento de muebles ni nada que se le pudiera parecer. Ni siquiera se habían quejado del olor, y mira que yo lo noté en cuanto pasé al lado de la puerta, y que todavía lo recuerdo como me acuerdo de lo que hemos comido hace tres horas. Era obvio que alguien tenía que haber matado a aquel hombre y dejado allí el cuerpo; pero, tal y como pintaban las cosas, parecía que ese cadáver fuera como un hongo en un pantano: que, en realidad, siempre hubiera estado allí. A lo mejor el hotel solo sigue abierto porque consiguieron taparlo todo de alguna manera... aquellos eran otros tiempos.

Sin embargo, hasta para los tiempos de mi abuela era una historia espeluznante y rocambolesca. Y soñé con ella, y con otras variantes de esta, varias veces y durante mucho tiempo.

Hasta que llegué a la edad adulta y empecé a estudiar Lenguas y Literaturas Románicas (la extraña ansiedad que aquella historia había despertado en mí había bastado para terminar con mis últimas dudas acerca de si prefería el profesorado o la medicina), que fue más o menos el momento en el que acabé por decidir que iba a escribir un libro basado en ella.

Tal vez tomé aquella decisión porque, en honor a la verdad, no podía evitar sentirme fascinada por el relato de mi abuela, con esa fascinación escalofriante que producen todos los horrores que desafían a la razón. Los silencios, la información a medias, las incógnitas sin resolver aumentaban para mí aquella aura de misterio que me daba la impresión de estar ante un banco de niebla que ocultaba un precipicio sin fondo. Un fondo en el que yo deseaba zambullirme, que me llamaba irresistiblemente para que lo examinara, lo interrogara y lo explorara. *L'appel du vide*, lo llaman los francófonos: la llamada del vacío.

O tal vez, simple y llanamente, estaba más que harta de aquella especie de terror crónico, y había acabado rabiando contra mi propio miedo. Porque casi se había convertido en parte de mí, hasta el punto de cambiarme un poco, y corría el riesgo de llegar a cambiarme aún más. De helar para siempre una parte de mi alma, algo que no pienso consentirle ni siquiera a mi propio miedo. O tal vez fuera una mezcla de las dos.

¿Quién sabe? Incluso es probable que ambas posibilidades sean, en realidad, la misma.

La cuestión es que pareció funcionar bastante bien, y dejé de soñar regularmente que me presentaba en un hotel cualquiera para hacerle una entrevista a un muerto; o que me levantaba de noche para ir al baño y, al volver, me encontraba en la cama el cadáver de un desconocido. Siempre el mismo hombre de pelo corto, moreno y rizado, con la piel blanca y suave y los ojos oscuros muy grandes, con el mismo tiro en el pecho y la misma sonrisa siniestra en los labios manchados con su propia sangre. Había llegado un momento en que llegué a preguntarme si no habría encontrado yo también alguna vez un cadáver bajo una cama, aunque fuera hacía tanto tiempo que solo una parte de mí (esa parte de nosotros mismos que todavía se resiste —casi con agresividad y, demasiadas veces, por desgracia— a toda razón y a toda moral) pudiera recordarlo remotamente. Si no sería esa la causa de que un mal recuerdo vivido por otra persona me afectara tanto; de que ese rostro muerto pareciera estar enraizado en mi inconsciente y me persiguiera desde allí cada vez que algo lo despertaba al llamar, de la manera que fuese, a su puerta. Escribir aquel libro fue como sacar el muerto de la habitación para hacerlo enterrar y abrir de par en par las ventanas, y cada frase que imaginaba, escribía y luego pulía, era un soplo de aire fresco que ayudaba a ventilar aquella atmósfera envenenada. Mi intuición había sido correcta: hacer un trabajo literario con aquel material, aunque algunos de mis amigos y muchos de mis parientes habían intentado disuadirme al ver cuánto me afectaba el simple hecho de pensar en ello, me resultó más útil que cualquier otra cosa que hubiera podido hacer.

Y, además, tras mucho ánimo por parte del resto de mis amigos y mi entonces pareja, me decidí a publicar mi novelita. Y, aunque tuve que hacer varios intentos (en realidad, mi pobre manuscrito fue rechazado en tantos sitios que llegué a preguntarme si el talento que siempre había creído tener para escribir no sería más bien un daño colateral de lo mucho que me querían mis padres), acabé por dar con una editora que consideró que tenía potencial. Así que, para cuando terminé mi doctorado, mi despistada agente María Tollar y su mucho más despierta compañera perruna, Lisi, habían conseguido unos cuantos miles de seguidores tanto en España como en América, y me había hecho relativamente famosa.

Cuando me tocó a mí toparme de frente con el lado más oscuro del ser humano, yo ya había trabajado con varios grupos de investigación colaborando con distintas universidades, así que estaba acostumbrada a viajar, a asistir a congresos y jornadas en diferentes puntos del país y, cómo no, a alojarme en hoteles. Lo cual significaba, por supuesto, estar más o menos acostumbrada a entrevistar al muerto en sueños de vez en cuando. De hecho, ya ni siquiera me preocupaba, y apenas lo consideraba una pequeña molestia puramente circunstancial. Supongo que, en ese aspecto, tenía la impresión de haber conseguido realmente mi objetivo, aunque solo fuera a medias.

Siempre he considerado que hay algo de novelesco en eso de alojarse en un hotel, incluso cuando este no es de los más lujosos. Hay quien se siente incapaz de acomodarse en una habitación alquilada por noches en un entorno asépticamente anónimo, porque ve una nota de promiscuidad en eso de usar un baño y una cama que no son los propios. O porque se siente un poco desnudo cuando entra en una sala de desayunos con bufé, y lo invade una especie de miedo a ser observado mientras realiza sus rituales matutinos habituales, como temiendo exponerse a la crítica curiosidad malsana de sus comensales; algo así como un desamparo fugaz parecido a una súbita consciencia de extranjería: lo que siente uno cuando cae en la cuenta de que está intentando mantener su cotidianidad en tierra extraña. Pero tal vez sean precisamente esos breves desencuentros con la rutina, ese aroma de aventura y esa impresión de posibilidad de prodigio lo que siempre me ha gustado de los hoteles.

En definitiva, no soy la persona más exigente del mundo en cuanto a alojamiento: mientras las dependencias que tenga que utilizar estén en condiciones aceptables de uso y disfrute, solo voy a quejarme si encuentro arañas en la cama. Creo que es la única presencia viviente con la que no soporto, no he soportado nunca ni soportaré jamás compartir habitación.

De hecho, preguntar si tienen arañas allí mientras me informo sobre las ofertas de servicio antes de reservar una habitación en persona se ha convertido en mi pequeña broma excéntrica cada vez que llego a un hotel. En los sitios en los que ya me conocen saben que soy una cliente modelo, de las que apagan la televisión a las diez, piden las cosas por favor y dan las gracias por todo, dejan algo de propina y un comentario agradable en Tripadvisor, no le piden un *champagne premier cru* o tinto con lágrimas de unicornio cristalizadas al servicio de habitaciones y nunca tienen que recibir el educado recordatorio de que no se puede fumar en interiores (básicamente, porque tampoco lo hago en exteriores); así que casi siempre responden a mi pregunta con una sonrisa cómplice o una risa discreta (una vez, el recepcionista me contestó, con el mismo tono en el que le había preguntado yo, que había la misma cantidad de arañas que la última vez que había preguntado por ellas; ni que decir tiene que le dejé más propina que de costumbre y que recomiendo el sitio siempre que me preguntan al respecto). Pero la primera vez que la oyen casi siempre me miran con cierta perplejidad, y siempre me responden que no me preocupe, que se trata de un establecimiento respetable en el que se toman muy en serio las cuestiones de sanidad. Ni que decir tengo que no todo el mundo se lo toma igual de bien, y que estoy acostumbrada a recibir alguna que otra respuesta desagradable, o incluso a tener que pedir disculpas por el chiste. Hay sitios en los que la respuesta fue tan innecesariamente grosera (me molestan, en especial, las asociaciones entre mi procedencia andaluza y mi supuesta falta de modales o capacidad oratoria en castellano; no puedo evitar preguntarme si de verdad tienen esa imagen de nosotros o es solo para incordiarme mejor) que, sin faltar ni por accidente a mis propias buenas costumbres, acabé decidiendo no volver a pisar ese sitio ni aunque me pagaran por ello.

En definitiva, suelo ser bien recibida en cualquier alojamiento donde ya haya estado y todavía haya alguien que se acuerde de mí, y conozco más o menos todos los entresijos del arte de alojarse en hoteles. El único lugar en el que nunca me ha apetecido alojarme (a pesar de que me lo han recomendado varias veces, y aunque varias de las personas a las que les he hablado de mis motivos para evitar ir allí casi se han burlado de mí) es el hotel donde mi abuela encontró aquel cadáver. Por lo demás, creo que he llegado a pernoctar en más de veinte hoteles, hostales, pensiones y albergues diferentes desde el momento en que empecé a viajar por motivos académicos o profesionales, y solo cuatro de ellos han superado las tres estrellas. Incluso he acabado por llegar a la conclusión, en un momento dado, de que, en realidad, no son tan diferentes unos de otros como pudiera parecer. Al margen del precio y la oferta de servicios, no dejan de ser un lugar en el que uno se sabe solamente de paso. Por lo tanto, la amabilidad, el trato agradable y, a veces, la buena educación pueden llegar a ser absolutamente mercenarios. No tiene sentido tener pretensiones de nada en un hotel. Siempre va a haber sitios donde le pongan alfombra roja a las caras más conocidas y no hagan pasar a los clientes que comen a menú por la puerta de servicio solo para evitar que las redes sociales los pongan en la picota; pero, en la mayoría de los casos, te estás quedando a dormir en un sitio en el que nadie, o casi nadie, sabe quién eres. Por suerte o por desgracia.

En mi caso, aquella vez tenía que acudir a un congreso de tres días sobre teatro francés, y decidí repetir en un hotel en el que había estado solo una vez, pero que me había dejado una impresión muy favorable en todos los sentidos. Sobre todo, porque estaba ubicado en una hermosa mansión antigua, con techos altos, grandes escalinatas, cortinajes de terciopelo y suelos de madera oscura, en la que no hubieran desentonado las luces de gas, los criados solícitos pero taciturnos vestidos de uniforme, las capas y sombreros de copa y los largos y amplios vestidos de seda o encaje con crinolina. No era una experiencia que pudiera permitirme muy a menudo, desde luego; pero, hasta esa noche, consideraba que dejarme una buena parte de mis ahorros en un regalo para mí misma (algo que solo me permitía una vez cada dos o tres años) merecía cada céntimo. No solo porque había decidido escribir una segunda novela y necesitaba un entorno sugerente que me inspirase un poco, sino porque iba a ser la última vez en mucho tiempo que pudiera plantearme una estancia allí: el precio ya había subido lo suficiente como para darme a entender que, en un futuro próximo, se iba a volver impagable para un sueldo normalito, como lo era el mío. Así que me lo pensé solo tres o cuatro veces. Y todavía hay veces que me pregunto si no fue una decisión demasiado impulsiva. Aunque supongo que tendré que conformarme con la conclusión de que hay situaciones que no pueden mantenerse a raya indefinidamente. Pretender evitarlas es como intentar frenar el movimiento de los astros o detener la subida de las mareas: no solo no puede, sino que no debe suceder. Así que no me queda otra que pensar que aquello ocurrió porque tenía que ocurrir, y porque tal vez era la manera menos terrible de que ocurriera.

Nunca olvidaré la última noche que pasé en el Hotel Proteo.

Cuando llegué a la ciudad (de cuyo nombre no quiero acordarme) faltaba todavía un buen rato para el anochecer, pero las calles ya estaban tan oscuras como si jamás hubieran visto la luz del sol. Hacía un frío bastante inusual para aquella época del año, los primeros días de un otoño que había barrido sin piedad los últimos restos del verano con un viento glacial salido de ninguna parte, y el cielo daba la impresión de amenazar con derrumbarse sobre la ciudad medieval de piedra helada. Mientras hacía a pie mi trayecto desde la estación de autobuses hasta el hotel, envuelta en unas pesadas prendas de abrigo que no había esperado necesitar sacar hasta dos meses después, casi me sorprendió poder ver perros y gatos correteando por las aceras (con sus dueños o sin ellos) y árboles deshojados, o todavía cubiertos precariamente de hojas de distintos tonos pardos; tal era la impresión que había tenido al llegar de que no podía existir un solo ser vivo capaz de soportar aquella atmósfera gélida y opresiva. Pero, sobre todo, tuve la impresión de que el aire transparentísimo se estaba espesando poco a poco, cargándose de electricidad, y que, aunque ni ellas mismas lo sabían, todas las cosas (árboles, animales, edificios e incluso yo) estaban aguardando, con más o menos impaciencia, a que algo rompiera esa especie de equilibrio artificialmente acordado y, por ello, falsamente sereno.

Cuando, incapaz de soportar aquella sensación de espera indefinida, decidí darme toda la prisa que pudiera para llegar al hotel, oí el feroz rugido de un largo trueno, que hizo temblar toda la ciudad desde detrás de aquel pesado velo de plomo cada vez más amenazante. Y cuando entré en la recepción, jadeante por haber hecho corriendo los últimos metros, ya había empezado a llover.

El lugar estaba tal y como yo lo recordaba. El hermoso vestíbulo de techo altísimo, con una alfombra granate en forma de pasarela que desembocaba en el mostrador de madera y amortiguaba el sonido de los pasos. Las grandes ventanas al patio interior, que permitían la entrada de abundante luz del sol cuando las largas cortinas a juego con la alfombra estaban abiertas. La gran lámpara de araña con decenas de cuentas de cristal, que refractaba caprichosamente su propia luz. Las dos escalinatas que partían de los extremos del mostrador y se perdían en los pisos superiores. La recepcionista era la misma muchacha pulcra y delicada que me había atendido la vez anterior, aunque ahora tenía algunos años más. Las superficies lavadas y tratadas más que a conciencia con productos específicos de excelente calidad olían exactamente igual, a una mezcla sutil de limón y jazmín. Incluso el tono de voz de las conversaciones, los acentos y las risas suaves eran exactamente los mismos. Pero, desde el momento en que la joven levantó la vista de los documentos que estuviera manejando detrás del mostrador y me sonrió, con esa fría cordialidad que siempre exigen los trabajos de cara al público, supe que me iba a pasar algo en aquel lugar.

Fue una impresión de vértigo salida de la nada; similar a la que uno sufre cuando recibe de repente una mala noticia, pero sin la menor razón aparente. Como si estuviera sintiendo en mi cuerpo algo que debería estar sintiendo otra persona. Y, todavía un buen rato después, siguió rebotando en el fondo de mi estómago en forma de eco; o, más bien, de réplicas de un terremoto.

No obstante, como sin duda ya habrá adivinado a lo largo de mi relato, soy de esa clase de personas que se toman su tiempo para tomar decisiones, precisamente para no tener que arrepentirse después. Rara vez cambio de rumbo una vez que he trazado la ruta, y solo lo hago para asegurarme de llegar a mi destino. Y, teniendo en cuenta que llevaba casi dos décadas soñando que entrevistaba a un muerto, no iba a renunciar a una estancia en el Hotel Proteo ya pagada a medias por algo tan vago como una impresión. Así que se la adjudiqué al malestar por la carrera (no estoy en demasiado buena forma) y al soterrado nerviosismo provocado por la tormenta, le devolví la sonrisa a la recepcionista y me dispuse a concentrarme en cualquier cosa que se pusiera al alcance de mis sentidos hasta que se me pasara del todo aquella especie de horror repentino.

—Su habitación dispone de baño completamente equipado, sistema de climatización, televisión y conexión wifi. La cena se sirve entre las ocho de la tarde y las once de la noche, y el bufé del desayuno está abierto hasta las once. Fuera de esos horarios, necesitará recurrir al servicio de habitaciones.

—Disculpe, señorita, ¿tienen ustedes arañas?

—Ya nos conoce, agente Tollar. Sabe que nada nos preocupa más que ese tipo de incidentes, así que nos aseguramos concienzudamente de que no ocurran malos encuentros en nuestro hotel.

Normalmente me hubiera hecho gracia que un viejo conocido, aunque fuera solo de vista, me llamase por el nombre de mi personaje, porque la escribí con todo mi cariño y me siento muy orgullosa de ella. Pero, por algún motivo que pasó por debajo de mi radar en aquel momento (alguna nota áspera o demasiado afectada en la voz, una inflexión sarcástica en la ironía patente de la respuesta; o incluso una sombra de frialdad en la mirada, o una tensión demasiado evidente en la mandíbula, tal vez), aquel comentario me hizo sentir la misma mezcla de sorpresa y dolor, seguida de impotencia, que uno siente cuando le dan una bofetada o le espetan un insulto que no esperaba.

—Lo siento. Pretendía ser una broma... no era mi intención ofender a nadie.

Si no llevara ya varios años investigando y dando clase sobre cómo se puede construir un personaje solo a través de los matices de la voz, hubiera jurado que su expresión de moderado desconcierto ante mi disculpa era sincera.

—Oh, no tiene que disculparse. Aquí tiene su llave. Esperamos que disfrute de su estancia.

Una respuesta educada, seca, cortante como un escalpelo. Era más que obvio que mi pequeño chiste había sido percibido como una auténtica salida de tono, y le había sentado particularmente mal.

O tal vez era yo quien no le había caído bien y la vieja broma de las arañas había colmado el vaso. Por extraño que pudiera parecerme a mí, ya que se trataba de una persona con la que nunca había coincidido más allá del mostrador de recepción del Hotel Proteo; de modo que solo habíamos intercambiado, como mucho, cinco frases a lo largo de nuestras respectivas vidas, impersonales todas ellas (excepto la broma de las arañas).

El caso era que, fuera cual fuera el motivo, aquella mujer no me tragaba.

Así que recogí la llave, di las gracias y me dirigí hacia la que iba a ser mi habitación, con el vértigo todavía replicándose en mi estómago y un nudo en la garganta.

En este tipo de hoteles uno nunca se encuentra con demasiada gente en los pasillos, de manera que suele reinar en ellos un pacífico silencio, al que contribuyen los suelos alfombrados o enmoquetados y la norma de no subir demasiado el volumen de las televisiones y otros aparatos de audio y vídeo. Pero en esta ocasión, tal vez debido al recibimiento gélido que había recibido, tenía la sensación de que se trataba de un silencio demasiado tenso para ser natural, muy similar al de la calma que había precedido a la tormenta.

Mi habitación estaba ubicada en la segunda planta, así que necesitaba tomar el ascensor y recorrer un trecho de pasillo, bordeando uno de los patios interiores, para llegar hasta ella. Mientras subía, coincidí con un botones, que llevaba consigo una bandeja cubierta, de lo cual deduje que se trataba del servicio de habitaciones. No esperaba una conversación larga y tendida de una persona que estaba, evidentemente, en su puesto de trabajo; pero tampoco que mi «buenas tardes» prácticamente levantara ecos en el exiguo espacio que teníamos que compartir. De no ser porque su respuesta fue recorrerme de arriba a abajo con los ojos, como desaprobando con la mirada cada prenda que llevaba puesta, antes de volver a clavarlos en el espejo del ascensor, hubiera pensado que no lo había oído.

Ese momento incómodo duró solamente eso, un momento. Pero me produjo una claustrofobia repentina tal que salí de aquel ascensor con la impresión de estar consiguiendo escapar de un pozo, y tuve que pasar un buen rato a solas en el rellano, mirando por una de las grandes ventanas, para recuperarme de la sensación de que algo me estaba aplastando los pulmones.

A pesar de que las luces de los pasillos que daban al exterior estaban encendidas, el patio estaba sumido en una oscuridad total. Solo podían hacer destellar fugazmente las gotas de agua que caían más cerca de las ventanas protegidas por un profundo alero neomudéjar, tan abundantes que casi parecían una ligera neblina. De vez en cuando, un relámpago violáceo cruzaba el cielo, permitiéndome ver el patio durante unos segundos, antes de que todo se oscureciera de nuevo y se oyera el estruendo del trueno, cada vez más fuerte y cercano. Los altos árboles empapados, muchos de ellos ya deshojados por el frío, el viento y las lluvias violentas, que se retorcían bajo aquel manto de agua implacable, alzando las ramas desnudas al cielo inclemente, todas sus hojas de color oro alfombrando el suelo a sus pies; los arriates y los mosaicos de guijarros grises irreconocibles bajo el aguacero que los empañaba. En algunas de las ventanas se veían siluetas oscuras, probablemente de otros huéspedes que estaban haciendo lo mismo que yo: perderse por unos minutos en la peligrosa belleza de la tormenta. Aquella sublimidad me permitió alejarme de mí misma durante unos minutos, y el acceso de claustrofobia empezó a remitir.

Aunque tal vez en realidad no fue del todo buena idea. En cuanto me aparté de la ventana para disponerme a llegar (por fin) a mi habitación, el pasillo se me hizo demasiado estrecho, con demasiadas puertas a ambos lados; gracias a Dios, todas cerradas. Menos una, que estaba entreabierta, a pesar de que no se oía ningún sonido en el interior de la habitación. El estómago me volvió a dar un salto inesperado, así que pasé por delante lo más rápidamente que pude.

No obstante, no bastó. Si ya en situaciones distendidas tengo una motricidad fina poco más que penosa, aquellos dos choques me habían debilitado tanto que mis manos parecían hechas de papel, y pasé casi un minuto solo intentando abrir la puerta. Aunque debo reconocer que todavía tenía toda la atención puesta en la puerta entreabierta que había dejado atrás, atenta a cualquier sonido que pudiera venir de allí. Por eso el chasquido que emitió al cerrarse del todo, seguido de un sonido de pasos suaves, me paralizó durante unos instantes. Solo pude reaccionar al ver por el rabillo del ojo a una persona que se había detenido momentáneamente a la salida de la habitación al verme y sentir un par de ojos, curiosos e inquisitivos, clavados en mí.

—¿Laura Medina Solaní?

Por fin, conseguí abrir la puerta, y me zambullí en el interior casi con desesperación, para cerrar de un portazo y quedarme unos minutos apoyada de espaldas contra ella, resollando, como si acabara de escapar de una fiera. Agucé el oído mientras recuperaba el aliento, para asegurarme de que aquella persona, quien quiera que fuese, se había ido.

A medida que conseguía tranquilizarme, y que el terremoto en mi estómago remitía de verdad, empecé a sentirme tan estúpida que apenas podía reconocerme a mí misma. Allí estaba yo, una adulta de más de treinta inviernos, desarrollando una paranoia de manual porque una recepcionista me había respondido con sarcasmo a una broma que seguramente solo tiene gracia para mí y un botones me había mirado mal y no me había devuelto el saludo. Estar vivo es estar expuesto a la crítica, me dije, con filosofía. Y gustarle a todo el mundo es, además de imposible, indeseable.

No obstante, aquellos pensamientos tan zen no bastaron para impedir que casi me pusiera en el techo de un salto cuando noté que llamaban a la puerta. Fueron un par de toques livianos, completamente normales y muy respetuosos; pero yo aún estaba tan confusa y nerviosa que los percibí contra mi espalda todavía empapada en sudor casi como la embestida de un ariete.

Tuve que esperar un minuto para atreverme a abrir.

Para mi sorpresa, no me encontré con otro empleado vestido pulcramente de traje oscuro con una sonrisa pintada; sino con una mujer joven con el pelo rubio liso recogido en un moño pequeño, unas gafas que hacía que pareciera tener los ojos castaños tres veces más grandes y un uniforme compuesto por una bata blanca con rayas azules y unos anchos pantalones a juego, mirándome con aire de sincera preocupación.

—Disculpe... ¿se encuentra bien?

Desde luego, era la misma voz que me había llamado en el pasillo. Y, al parecer, pertenecía a la primera persona que me cruzaba en aquel hotel que no se dirigía a mí como si fuera un saco de pringue viviente. Aunque no tenía ni idea de cómo sabía mi nombre.

—Soy fan de su libro —me dijo, con una sonrisa tímida, para contestar a la pregunta que no me había atrevido a hacerle pero que, al parecer, llevaba escrita en la cara—. La he reconocido por la foto de la contraportada. ¡Hacía años que no leía una historia con contenido que fuera tan divertida!

—Oh... muchas gracias. Me alegro de que le haya gustado.

—Pero bueno... yo lo que quería preguntarle es si necesita algo. La he visto pasar y me ha parecido que estaba muy pálida.

—No, gracias... no se preocupe, no es nada —le dije, con una sonrisa más tranquilizadora para mí que para ella—. Estoy algo mareada, pero ya se me va pasando. Dentro de un minuto estaré perfectamente.

Me miró con expresión seria y escrutó mi cara con ojo crítico. Luego sonrió de nuevo, esta vez con una mezcla de complicidad y tristeza.

Sí, lo sé. Puedo poner una máscara de impasibilidad perfecta y fingirme sorda, muda y ciega. Pero no mentir. La verdad siempre se me acaba escapando, si no por la boca, por el resto del cuerpo. Y aquella no iba a ser una excepción.

No obstante, a aquella señora no pareció extrañarle demasiado mi mentira más que manifiesta. En realidad, tampoco parecía extrañarle que me encontrara mal.

—Mire, entre usted y yo... si todo esto le afecta tanto, lo mejor es que pase todo el tiempo que pueda fuera del hotel —me recomendó, con tono lacónico y grave—. Y que prescinda del servicio de habitaciones, si puede. No me parece muy profesional decir nombres; pero no es ningún secreto que hay gente por aquí capaz de ser desagradable hasta un punto que una no se puede ni imaginar, y de hacer que uno se sienta una mierda sin necesidad de dejar de sonreír como en un anuncio de dentífricos.

Se me cayó el alma a los pies al oír aquello, aunque lo cierto era que no me sorprendía demasiado. No era más que la confirmación de mis sospechas. Pero se me estaban agotando las ganas de intentar seguir pareciendo civilizadamente aséptica, y aquel parecía el momento perfecto para rendirme un poco.

—No entiendo nada —confesé, desanimada—. Ya vine aquí hace unos años, y estuve muy bien. No puedo decir que las cosas hayan cambiado... pero me siento como si hubiera hecho algo horrible que no consigo recordar; o como si me estuvieran guardando rencor por algo que he hecho, o dicho, sin darme cuenta.

La señora emitió una risa tranquila, un poco amarga, y se asomó disimuladamente al pasillo unos segundos antes de volver a dirigirse a mí, bajando un poco el volumen.

—Se lo diré en plata: a la gente de este hotel no le ha gustado nada su libro. Hay gente en la dirección que está convencida de que se refiere a este establecimiento en concreto en su novela.

Estuve a punto de reírme a carcajadas, y solo me contuve porque me di cuenta de que la situación no podía ser menos graciosa. Al menos, para mí.

—Sin ánimo de ofender a nadie, y menos todavía a usted... esa excusa es tan absurda que parece habérsela inventado un niño de diez años —contesté—. ¡Si ya dije en la presentación, y lo he explicado en varias entrevistas, que la historia está basada en una anécdota que mi abuela me contó siendo niña, de cuando trabajaba de *kelly* antes de casarse, sobre un hotel en el que yo no he estado jamás y al que no tengo la menor intención de ir!

Suspirando, la mujer asintió. Con pesadumbre, me atrevería a decir.

—Sí, pero ya sabe cómo son algunas personas: solo ven lo que quieren ver y creen lo que quieren creer. Y más nos vale no intentar sacarlos de ahí.

—Desde luego, hay gente para todo —dije yo—. Lo que no me cabe en la cabeza es que alguien desee, de verdad, en serio, sentirse ofendido por algo que es obvio que no le concierne. Es como querer hacer enemigos aposta.

Ella se encogió de hombros, visiblemente desalentada, y yo me limité a tragar saliva y respirar hondo. Era más que evidente que, por más que me desgañitara intentando explicar delante de aquella mujer por qué esa especie de odio rencoroso no tenía el menor sentido, iba a tener el mismo efecto que si se lo explicaba a las paredes. Para empezar, porque ella no tenía la menor responsabilidad en todo aquello; se estaba limitando a contarme lo que sabía. Y ya era más que bastante.

—Bueno, qué se le va a hacer... —contesté, finalmente—. Muchas gracias por decírmelo. Ya estaba empezando a preguntarme si no estaría desarrollando una manía persecutoria.

—Ha sido un placer —dijo ella, de nuevo sonriente—. Bueno... yo vuelvo a mi trabajo. Buena suerte, y que tenga una estancia soportable.

—Muchas gracias. Y buenas noches.

Nos estrechamos la mano, y ella continuó caminando por el pasillo, empujando su carrito cargado de productos de limpieza, paños y cubos. Y yo, mientras tanto, empecé a pensarme muy seriamente si iba a ser buena idea bajar a cenar al restaurante, con el resto de los huéspedes del hotel, y exponerme a la mala uva de cualquiera que se hubiera tomado el hacer sentirse una intrusa a Laura Medina Solaní como si fuera una política de empresa.

No es que temiera que me envenenasen la comida, o que intentasen tirarme por las escaleras. Ya había oído lo que había dicho la recepcionista: el Hotel Proteo es un sitio civilizado, donde la satisfacción del cliente es lo primero, y no iban a jugarse su reputación intachable con métodos tan burdos. El problema era precisamente que, como me había dicho aquella buena mujer, y como yo misma había comprobado hacía unos minutos, no los necesitaban en absoluto para hacerme pagar, sin levantar el menor revuelo entre el resto de los huéspedes, por aquella surrealista ofensa imaginaria.

Como para refrendar el aviso de la limpiadora, apenas cerré la puerta de la habitación y me dispuse a relajarme, me encontré con que la luz de la lámpara de la habitación estaba fundida. Y, cuando decidí darme una ducha relajante para terminar de espantar la inquietante sensación de angustia, me encontré con una gigantesca araña de goma colocada estudiadamente sobre el grifo. Estuve a punto de matarme al intentar salir corriendo y resbalar con la alfombrilla, antes de darme cuenta de que el monstruo no se movía.

Por lo demás, la habitación era de ensueño: la inmensa ventana con cortinas carmesíes, por la que entraba todavía la luz de los relámpagos en toda su gloria; el íntimo escritorio de patas finas con espejo, el suelo de madera oscura con una pesada alfombra de colores cálidos, la cama con dosel y mantas a juego, el baño de color blanco inmaculado con sus esponjosas toallas. Todo tan cómodo, elegante y sugerente que hasta la necesidad de usar la luz tenue de las lamparillas resultaba casi oportuna, y una deseaba con toda su alma creer que lo de la araña de goma en el plato de ducha había sido una mera broma pesada de un crío retorcido, dejada allí solamente para asustar por unos segundos, y hacer rabiar después al siguiente huésped.

Teoría que, tratándose de un hotel de semejante calibre, donde las habitaciones eran inspeccionadas religiosamente antes de acoger a alguien en ellas, se caía por su propio peso.

Era más que evidente que aquella noche no iba a ser un huésped anónimo, con nombres y apellidos que no significan nada y una cara que solo se recuerda mientras uno la tiene a la vista, de esos que desaparecen del universo justo después de dejar atrás el umbral del edificio para perderse en la marea ingente de nuevos registros cotidianos; sino un rostro lo suficientemente conocido como para ser un blanco fácil de cualquier ocurrencia extraña, lo bastante sutil como para poder ser confundida con un malentendido que pudiera venirle a la cabeza al (tal y como estaba comprobando) creativamente sádico personal del hotel.

Durante un momento, pensé en olvidarme de la media pensión que tenía contratada y salir a comer fuera. Pero estaba lloviendo tanto que los cristales de las ventanas parecían nublados, y lo último que me apetecía era tener que salir a la calle con semejante temporal. Además de que, como ya he dicho, no me gusta que mis miedos dicten mi conducta.

Así que decidí que iba a hacer lo que, tal vez, menos se esperaban aquellos amabilísimos filisteos de sonrisa psicópata: no solo me iba a quedar allí hasta el último segundo que tenía pagado, sino que también iba a restregarles por la cara todo lo que pudiera cómo disfrutaba de mi estancia, le pesara a quien le pesara.

Si querían que me marchara, me iban a tener que echar explícitamente. Y, desde luego, no pensaba consentir que eso sucediera sin antes haberlos obligado a admitir delante de mí, y con una grabadora en la mano, que me habían declarado *persona non grata* por un ataque de niñería supina.

Llámeme infantil, orgullosa o lo que más le plazca. Pero no tenía pruebas para denunciar el acoso ante ninguna autoridad competente, y no pensaba consentir que un tipo, o grupo de tipos, al que ni siquiera podía poner cara (o caras) me aplastara como a una hormiga; única y exclusivamente porque, al parecer, el hotel ficticio de mi novela tenía algo remotamente en común con el suyo. La única manera legal que tenía de hacerle frente a aquello era que no consiguieran lo que se proponían.

Eso sí: era evidente que aquella iba a ser una noche muy larga.

***

Al menos, los aspavientos asfixiados y el ladrido de Lisi habían sido útiles: María fue admitida en la sala de interrogatorios mientras todavía intentaba recuperar el aliento.

Algo es algo, se dijo, mientras intentaba sobornar a su perra con uno de sus juguetes favoritos (un ajado y mil veces remendado peluche que había intentado tirar tres veces; las mismas que Lisi había volcado el cubo, y dejado la cocina hecha un desastre, para recuperarlo) para que se entretuviera en el pasillo mientras ella intentaba hacer su trabajo.

Sabía que se iba a llevar una buena regañina por habérsela traído, pero no le había quedado más remedio: a aquellas horas, Miguel todavía estaba en el instituto, y era la única persona de todo el bloque con la que Lisi podía pasar más de media hora sin empezar a llorar, ladrar o intentar desesperadamente que la sacaran de donde quiera que estuviera para ir a cualquier otro sitio que se le antojara... que podía ser tanto la farola de la esquina como la pista de aterrizaje del aeropuerto de Málaga. Además, aunque pareciera estar bajo los efectos de una sobredosis de café permanente, había demostrado poder ayudar en algo, ¿no? ¿No había sido ella la que había encontrado la chaqueta? Aunque, por desgracia, parecía que aquella prueba estaba embarrando el caso aún más que ayudando a resolverlo.

Por suerte, ella se había dado cuenta de un pequeño detalle, algo casi insignificante en lo que solo ella parecía haberse fijado; pero que podía darle la vuelta a todo. Si su teoría era cierta, Carmen Garona no había cometido más delito que haberse encontrado con la persona equivocada en el momento equivocado, y ellos habían pasado las últimas cuarenta y ocho horas caminando en círculos.

Solo esperaba que, esta vez, alguien le hiciera algo de caso. La última vez que había propuesto una prueba poco ortodoxa fue un infierno, y todavía estarían burlándose de ella de no ser porque al final resultó tener razón. Lo cual, por cierto, Martínez no había reconocido delante de ella todavía.

En realidad, Martín Martínez, a pesar de su malafollá casi proverbial (y de estar todavía enfadado con sus padres por ponerle el nombre de su abuelo antes de detenerse a comprobar cómo combinaba con su apellido), no era un mal hombre, ni un mal compañero. De hecho, ni siquiera era un mal superior. Solo era un poquito orgulloso. Bueno, más bien un poquito demasiado. Algo así como si fuera el hijo de Catalina la Grande con Ramsés II, además de la reencarnación del Rey Sol.

Casualmente, fue su voz, cargada de ira pacientemente contenida, la que la sacó de sus cavilaciones.

—Agente Tollar, le recuerdo que no está autorizada a asistir a este interrogatorio. Se le ha permitido pasar porque decía haber encontrado pruebas nuevas. Así que, si tiene la bondad, déjenos proseguir. Y llévese al perro, por favor.

Fue así como se dio cuenta de que llevaba al menos cinco minutos de pie en una esquina, apoyada contra la pared, con la mirada perdida. Y, por si fuera poco, con Lisi acostada tranquilamente a sus pies, mirándola con cara de adoración infinita.

Respiró hondo para relajarse un poco, pero no pudo evitar sonrojarse de vergüenza.

—Sí, claro, solo quería comprobar una cosa.

Sacó su cuaderno de notas y arrancó una página, para tendérsela a la interrogada junto con un bolígrafo.

—Por favor, señora Garona... escriba su nombre y dirección completos.

Un poco desconcertada, Carmen empuñó el bolígrafo y apuntó cuidadosamente los datos que María le había pedido. Martínez observaba, mirando sin disimulo su reloj cada pocos segundos.

—Vale. Ahora, vuelva a hacerlo... pero, esta vez, con la otra mano.

La mujer palideció un poco y lanzó una mirada nerviosa al policía que la había estado interrogando hasta hacía un par de minutos. Que, por cierto, parecía estar intentando buscar algo más de paciencia para no volver a intentar sugerirle a su compañera (o, más bien, ordenarle) que acabara de una vez.

—Agente... no sé si voy a poder.

—Seguro que sí puede.

—Conseguí dejar de hacerlo en cuarto de EGB. No he usado la otra mano para escribir desde entonces.

—No se preocupe por eso. Solo necesitamos que se entienda.

Martínez emitió un bufido al ver cómo Carmen cogía de nuevo el bolígrafo, esta vez con la mano izquierda, y volvía a inclinarse sobre el papel.

—María, en serio, ¿qué se supone que estás hacien...?

—¿No ves que lo está haciendo en la mitad de tiempo? —lo interrumpió ella, con una sonrisa entusiasta. En cuanto la interrogada soltó el bolígrafo, recogió el papel y se lo mostró a su superior, exultante añadió—: Y mira: en contra de lo que ella misma esperaba, la caligrafía es más firme y legible, y el trazo más fuerte.

El agente observó el papel, atónito, y luego expiró, despacio, con los ojos cerrados.

—Eso significa que esta señora no puede haber pegado ese tiro, porque los forenses dicen que...

—Sí, sí, hasta ahí llego, maldita sea. ¿Desde cuándo eres calígrafa?

—Desde cuarto de Criminología —replicó María, con jovialidad—. Necesitaba créditos de libre desesperadamente.

Intentando a todas luces que no se le escapara una expresión malsonante para evacuar la frustración, Martínez volvió a dirigirse a la señora Garona, que, a todas luces, no tenía ni idea ni de qué acababa de pasar allí.

—Señora, ¿por qué no nos ha dicho que en realidad es zurda?

—Porque no sabía que fuera tan importante.

—Pues, en este caso, lo es. Por favor, espere un momento, nos hemos quedado sin agua... le traeré algo para beber. Agente, venga conmigo: tiene que darme un par de explicaciones.

Bien. Al parecer, había funcionado. Y la habían tomado en serio sin necesidad de que hubiera más víctimas, ni contaminación de pruebas, ni robos en la escena del crimen, ni secuestros, ni demás cosas raras que había llegado a temer que ocurrieran. Bueno, era cierto que tampoco es que hubieran ocurrido nunca en uno de sus casos... pero para todo hay una primera vez, ¿no?

En fin: había ido mucho mejor de lo esperado.

¿Por qué estaba Martínez ahora preguntándole si había comido fruta?

Esta vez fue Lisi quien, con un sonoro ladrido, la trajo de vuelta al mundo exterior.

—Te he dicho —le repitió su compañero, con un tono rayano en la exasperación— que cómo has sabido que era zurda.

—Ah, sí, claro. Es que, cuando nos abrió la puerta de la habitación, vi que lo hacía con la izquierda. Y también cogía el móvil, estrechaba la mano y señalaba las cosas... todo con la mano izquierda. Pero luego utilizó la mano derecha para rellenar el formulario de la denuncia. Me llamó mucho la atención, y por eso me ha venido a la cabeza en cuanto me dijeron que la habían arrestado. Siento no haberlo recordado antes.

Por primera vez desde que trabajaban juntos, Martínez parecía realmente sorprendido por algo, en lugar de fastidiado por la aparición de datos inesperados que le daban la vuelta a todo.

—Jamás se me hubiera pasado por la cabeza que un caso entero pudiera depender de que el sospechoso principal fuera un ¿cómo se llamaba eso?, ¿un zurdo fustigado? —preguntó, a medio camino entre el interés y la incredulidad.

—Zurdo frustrado, o contrariado.

—Lo mismo es.

—Bueno, es que nosotros tres hemos tenido mala suerte. Gracias a Dios, es una situación poco habitual hoy en día, y cada vez se ve menos.

Echaron una mirada atrás, inconscientemente, hacia la silenciosa y todavía nerviosa mujer que esperaba sentada a la mesa de la sala de interrogatorios, vacía excepto por aquel papel con su nombre y dirección escritos dos veces.

—¿Sabes? Será porque ahora mismo me está tocando la moral de cerca, pero este tipo de cosas me parecen como... demasiado obsesivas para que hayan sido normales alguna vez —dijo Martínez, con tono reflexivo, mientras llenaba un vaso de agua del dispensador del pasillo—. Esa mujer no llega a los cincuenta años. ¿En qué clase de escuela se frustra a los zurdos casi a finales del siglo XX?

—No sé. Ilumíname.

—Es una pregunta retórica.

María rio por lo bajo, acariciando distraídamente el lomo de Lisi, que seguía sentada a su lado, mirándola con cara de adoración infinita.

—Perdón. Es que, en realidad, yo también me lo pregunto.

***

Un rugido casi amenazante proveniente de mis tripas interrumpió mi lectura y me recordó que, probablemente, iba siendo hora de bajar a cenar. Además de que no podía olvidarme así como así de mi propósito de fastidiar pasivamente al personal del hotel con mi sola insistente presencia.

Una vez tirado a la basura el horrendo juguete que me había encontrado en el baño, pude disfrutar de mi ducha y relajarme, y eso reforzó mi decisión de quedarme en el hotel a cenar. Cuando no estaban cerca aquellos autómatas, el sitio era tan maravilloso como yo lo recordaba, y poder estar a solas en una habitación de cuento, iluminada con una luz tan suave como la de una vela grande, mientras afuera se caía el cielo, era justo lo que necesitaba para provocar ese escalofrío de emoción que despierta mi creatividad por muy dormida que pueda estar, por el estrés, por la rutina o por circunstancias vitales varias.

Esta es la razón por la que me suele gustar mucho trabajar de noche, cuando todo está a oscuras menos mi despacho y estoy rodeada de mis libros, una luz cálida y un silencio acogedor. En cuanto la plácida oscuridad nocturna me permite dejar de ocuparme y preocuparme por todo lo que tengo en la cabeza durante el día, mi mente empieza a sentirse verdaderamente libre, y eso le permite funcionar a plena potencia. A partir de ahí, rara vez tarda mucho en aparecer una idea de la que puedo tirar, como Teseo del hilo de Ariadna para salir del laberinto, hasta empezar a producir el material que necesito para hacer mi alquimia. Cuanto más tiro del hilo, más oro encuentro entre el plomo, y mejores resultados obtengo. Las mejores ideas que he tenido, como escritora, como profesora y como investigadora, se me han presentado en el despacho a partir de medianoche.

Pero en esta ocasión había algo más dentro de mi cabeza, aparte de mi nuevo escrito en ciernes. Un pensamiento recurrente, un poco molesto, que no terminaba de dejar de dar vueltas entre todos los demás, reclamando atención como un niño pequeño con un ataque de curiosidad más o menos inoportuno, y que no dejaba de interrumpir mis intentos de ignorarlo para hacerme preguntas. Preguntas cada vez más insidiosas, que estaban empezando a hacerme sentir, a mi pesar, demasiado inquieta como para seguir ignorándolas.

No podía dejar de pensar en la supuesta explicación que acababa de recibir para aquella marea de hostilidad: cuanto más pensaba en ella, más absurda me parecía. Y, peor aún, tenía muchos más motivos para creer que podía ser cierta que para temer que aquella mujer me hubiera engañado.

Lo que quiero decir es que no podía creerme que los gerentes (tal vez dueños) de un hotel de cuatro estrellas se hubieran propuesto en serio acosar a uno de sus clientes, y de aquella manera tan insidiosa, por semejante sinrazón: un hotel totalmente inventado, diseñado aposta para ser totalmente indefinido e indefinible, que podía parecerse a cualquier sitio por mera casualidad y, por lo tanto, no podía parecerse a ninguno.

Estaba tan desconcertada que acabé sacando de la maleta mi ejemplar del libro y me puse a leerlo y releerlo, frase por frase, analizando el texto como si tuviera que escribir sobre él, en busca de cualquier detalle de la descripción, cualquier matiz de las palabras, cualquier comentario de cualquiera de los personajes que hubiera podido alentar semejante equívoco.

Para cuando empecé a plantearme la posibilidad de bajar a cenar, ya estaba más que convencida de que era prácticamente imposible que nadie que hubiera leído el libro pudiera reconocer en alguna de las habitaciones del Hotel Proteo el escenario en el que Carmen Garona encontraba el cadáver, ni siquiera por la asociación de ideas más rebuscada que pudiera concebir un cerebro humano. El lujo rutilante de mi escena del crimen ficticia (hecha de cristal y acero, tapizada de cuero y ubicada en la azotea de un rascacielos, donde los sospechosos pasaban la velada contando chascarrillos en un *jacuzzi* a más de cien metros por encima de Madrid) no tenía nada que ver con la fantasía decimonónica en la que me había instalado durante los tres días que iba a durar el congreso, excepto por el hecho de que también era un hotel.

Y yo comprendía, sin el menor problema, que pudiera no gustarle nada a aquella persona, o grupo de personas, aunque ni siquiera supiera quienes eran. Lo que no podía entrarme en la cabeza era que la razón fuera específicamente aquella, cuando podría haber al menos otras mil, o cien mil, que ni siquiera yo hubiera podido refutar.

La única explicación racional era que hubiera algo más: un motivo más extraño aún, más oscuro; algo demasiado abstruso como para que ellos mismos estuvieran seguros de qué era. Algo de la misma naturaleza que las razones por las que el macabro hallazgo de mi abuela se había colado en mi mente de la manera en que lo había hecho. Si mi trato asiduo con jóvenes adultos me ha enseñado una verdad universal es que la gran mayoría de los odios (los odios de verdad, los que pueden llegar a matar) son tan infinitamente irracionales, oscuros y personales como la gran mayoría de los auténticos amores: da igual cuántos argumentos intentemos buscarles a nuestras simpatías y antipatías, en realidad tendemos a odiar, como a amar, por motivos que no nos atrevemos a reconocer ni ante nosotros mismos.

«Tenemos que averiguar quién, y por qué, mató a este hombre... y a lo mejor para eso tenemos que averiguar de qué, y por qué, se reía». Esas palabras, que yo misma había puesto en boca de María Tollar, y que acababa de releer hacía ya una hora, me vinieron a la cabeza de repente. Arrastradas por el hilo de Ariadna. Y, aunque me hicieron reír, tuve la impresión de que mi voz sonaba temblorosa e insegura entre aquellas paredes extrañas.

Porque acababa de darme cuenta de que, aunque ya conociera el motivo oficial de aquella secreta guerra abierta, en realidad yo no podía conformarme con eso. Había algo en toda la situación (en los insultos velados de la recepcionista, en la mirada de desprecio del botones, en la actitud furtiva de la limpiadora que había venido a hablar conmigo) que me producía una insoportable sensación de farsa. Una máscara evidente que se caía por el peso de su propia perfección, y detrás de la cual se intuía un rostro que me resultaba familiar; uno al que yo no podía ponerle nombre, que no recordaba haber visto nunca, pero que sabía que conocía. Y que se ocultaba de mí porque sabía que, en cuanto lo viera a cara completamente descubierta, lo reconocería. En aquellos momentos, el Hotel Proteo era un hipócrita consumado, e incluso reconocido, cuya actitud de cara al público despierta sospechas sobre su sinceridad, precisamente por ser demasiado perfecta como para parecer natural.

La razón por la que se había decidido sabotear mi estancia no era el hotel descrito en mi novela. Y yo iba a acabar averiguando cuál era en realidad.

Esa nueva determinación, sumada a un segundo rugido proveniente de mis tripas, me impulsó definitivamente a ponerme un vestido y zapatos a juego, retocarme el pelo y bajar al comedor; porque, desde luego, las posibles pistas a las que pudiera acceder por mí misma, además de las pruebas que necesitaría aportar en un momento dado para demostrar ante quien hubiera menester que estaba sufriendo acoso, no iban a venir a buscarme a mi habitación. De hecho, que empezaran a venir a buscarme a mi habitación sería un indicio muy a tener en cuenta de que tenía motivos serios para empezar a temer por mi integridad física.

A todas luces, aquella noche se había organizado una velada para un grupo más o menos grande de huéspedes que venían todos juntos: de camino hacia el restaurante pasé junto a la puerta de uno de los salones, y vi, por el rabillo del ojo, una tarima de tamaño mediano al fondo de la amplia habitación vacía, donde un grupo de personas estaba montando un equipo de sonido para lo que daba la impresión de ser una orquesta de música en vivo. No se me ocurría qué podría ser aquella especie de fiesta, pero tampoco consideraba que tuviera que importarme: el mero hecho de que yo no supiera absolutamente nada al respecto venía a significar que no era en absoluto asunto mío. Sin embargo, a veces no es necesario que una situación sea asunto de uno para acabar viéndose envuelto en ella.

El problema de los sitios como el Hotel Proteo, sobre todo cuando uno se hospeda en ellos en calidad de huésped con recursos mínimos que, ya que tenía que venir a la ciudad, ha decidido darse un pequeño capricho, es que nunca sabe qué se puede encontrar en las zonas comunes. Lo más normal es que haya un poco de todo; así que uno puede mimetizarse con el entorno con solo llevar puesto el tipo de ropa que se pondría, como mucho, para cualquier otra cena en un lugar más o menos público. Pero las situaciones excepcionales son también, casi por definición, imprevisibles. Uno también puede tener la mala suerte de encontrarse con una boda por todo lo alto en el salón de al lado, o con cualquier otro evento social que pueda implicar una cena para varias decenas de personas en un hotel de lujo. Eso significa cruzarse con hombres de traje y mujeres con pamela que se quedan mirando al huésped de mínimos como si estuvieran viendo pasar un esturión en bañador.

Y, normalmente, cuando una va a su aire, preocupada solo por lo que piensa pedirse para comer, lo único que tiene que hacer es imaginarse que están en mundos paralelos, cada uno en su propia esfera, visibles pero inalcanzables los unos para los otros. Pero cuando se es una escritora que ya ha vendido unos cuantos libros aquí y allí, y dado que hablar en su círculo universitario y algún que otro periódico, pasar al lado de la gente como si uno fuera parte del mobiliario puede no ser tan sencillo. Y menos todavía cuando tiene la certeza de correr el riesgo de sufrir una zancadilla en cualquier momento, de manera inesperada y aparentemente aleatoria.

Y en aquel caso en concreto se estaban dando las tres situaciones al mismo tiempo: según supe algo más tarde, la cena de jubilación del alcalde (tras la cual se celebraría la pequeña fiesta que yo había visto preparar en el salón de al lado) estaba separada del comedor para los huéspedes del hotel únicamente por un elegante biombo, y casi me volví del tamaño de una pulga al entrar a la sala y empezar a buscar con la vista un sitio en el que poder sentarme, mientras algunos de aquellos señores y señoras dejaban de lado la conversación un momento para lanzarme una mirada de sorpresa y luego volver a cuchichear a toda velocidad, con más o menos interés. Cuchicheos que, como también supe algo más tarde, continuaron un rato una vez que hube perdido de vista la gran mesa al otro lado del biombo.

Sospechando que iban a tardar en atenderme todo lo que pudieran, saqué de nuevo mi libro y continué leyendo cómo Martínez terminaba de interrogar a Carmen; siempre tomando nota de cualquier detalle, por ínfimo que fuera, que pudiera haber dado pie a aquella mala interpretación garrafal. Y, de vez en cuando, me preguntaba cuántos gerentes o dueños de hoteles en España, además del del Hotel Proteo, me habrían declarado la guerra en secreto creyendo que mi libro estaba inspirado en ellos, y si sería uno de ellos el único lugar en el que me había inspirado de verdad.

Tal y como había esperado, no pude pedir mi comida hasta veinte minutos después de haber llegado. Pero es que, encima, el joven y apuesto camarero se dirigió a mí en voz un poco demasiado alta, con una sonrisa que me hubiera parecido cautivadora si se hubiera reflejado un poco en su fría mirada de color gris, y un tono tan exageradamente educado, casi servil, que cualquiera diría que estaba dirigiéndose a una niña pequeña con discapacidad psíquica severa. Aquello hizo que todas las alarmas se me dispararan de nuevo; así que, temiendo sorpresas desagradables con la comida, descarté sobre la marcha la sopa de picadillo en favor de una ensalada, en la que sería más difícil que fuera a ahogarse por accidente cualquier tipo de bicho (a lo peor, de ocho patas), y pedí explícitamente, por favor, que me cocinaran bastante el filete con guarnición de champiñones, para ayudarles un poco a resistir la más que probable tentación de traérmelo crudo. El camarero me lanzó varias miradas de hielo, camufladas detrás de su sonrisa siniestra, mientras me tomaba nota, y dio la impresión de no despedirse haciendo una reverencia solo porque hubiera llamado demasiado la atención. Supongo que, por el mismo motivo, gracias a Dios, no se le ocurrió llamarme «doctora Medina», o algo por el estilo; ni se ofreció sarcásticamente a hacerme un masaje en los pies mientras esperaba. Pero fue más que suficiente para que la gente que cenaba en las mesas contiguas me mirase durante un buen rato, entre bocado y bocado, con lo que parecía una mezcla de extrañeza, diversión y algo de vergüenza ajena, y para que yo deseara al menos diez veces que me tragase la tierra.

Si aquella limpiadora no se hubiera interesado por mi salud hacía unas horas, y me hubiera contado que aquellos desaires eran conscientes y tenían un objetivo concreto, probablemente me hubiera levantado de la mesa y hubiera vuelto a mi cuarto antes siquiera de pedir. Pero esa noche quería aferrarme no ya tanto a mi orgullo como a mi propósito de intentar averiguar a qué se debía en realidad todo aquello.

Todavía no había vuelto a bajar la vista sobre mi libro cuando noté aquel olor. Un olor que nunca había percibido en la vida real; pero sí, y reiteradamente, en sueños, y tal vez por eso se me había adherido a la memoria como un auténtico recuerdo.

Me quedé paralizada en mi silla, conteniendo el aliento, transida de un frío inesperado. De repente, parecía que el viento había abierto de par en par todas las ventanas, y la gélida tormenta que sacudía el mundo exterior estuviera entrando a raudales en la sala.

Cerré los ojos con fuerza e intenté tragar saliva; pero se me había quedado la boca seca, y ni siquiera la cálida oscuridad de detrás de mis párpados me podía resultar acogedora. Todos los estímulos que había a mi alrededor parecían haber sido bruscamente silenciados, desactivados como electrodomésticos durante un apagón, excepto las palpitaciones casi dolorosas de mi corazón y el inconfundible hedor que se propagaba por aquel vacío helado. En medio de aquella tensión casi sólida, noté, sin que me pudiera caber la menor duda al respecto, que una presencia terrible, la fuente de aquel frío glacial y de aquel olor a muerte, pasaba a menos de un metro de mí, me rozaba el hombro con suavidad, como por accidente, y luego continuaba su camino a paso tranquilo entre las mesas, seguramente con un tiro en el pecho y una sonrisa atroz en los labios ya rígidos, tal vez dejando en el suelo un rastro de su propia sangre.

Paradojas del pánico: esta especie de caricia de ultratumba me aterrorizó tanto que la parálisis se desvaneció como por ensalmo, sustituida por el repentino deseo de ponerle su verdadero rostro a mi vieja pesadilla, y abrí los ojos instintivamente para buscar con la vista a la persona que, estaba segura, me había tocado. De lo que no estaba segura era de si lo estaba haciendo para plantarle cara o para huir mejor de ella.

Y nunca lo estaré. Porque, como cabía esperar, no vi nada extraño. Ni a nadie. La sala seguía estando exactamente igual de iluminada y caldeada que antes, llena de conversaciones que se solapaban por encima del rumor de la lluvia, los truenos y los ocasionales aplausos que llegaban desde el otro lado del biombo. El único hombre que iba y venía entre las mesas era el camarero de mirada gris, que prodigaba unos más que adecuados modales a todos los demás huéspedes que había en la sala, y hasta el espantoso olor fantasma había desaparecido por completo.

Seguro que ha sido solo un recuerdo evocado por la lectura del libro, me dije.

Y me sentí tan aliviada que, aunque me percaté de que había un grupo de personas que se había reunido junto al biombo para charlar con otro grupo de las que estaban celebrando algo al otro lado, y que ambos me estaban mirando casi con descaro mientras intercambiaban susurros rápidos, me dio igual.

Hasta la llegada de mi ensalada bañada en vinagre por todo condimento (lo cual me obligó a hacer de tripas corazón y esperar a que el camarero Lord Ruthven pasara de nuevo cerca de mi mesa, para intentar que no me ignorase olímpicamente al llamarlo y poder preguntarle si, por favor, no tendrían sal y aceite) me resultó un poco menos agria. Aunque también ayudó bastante que los taquitos de queso freso y aguacate incluidos entre los ingredientes amortiguaran un poco el sabor.

Luego vino el filete con champiñones, en su punto perfecto de cocción para estar tierno y jugoso, pero tan salado que me costó terminármelo a causa de la cantidad de pan con que tuve que acompañarlo.

En cuanto al postre, que se suponía que iba a ser tarta de queso casera, llegué a estar convencida, en un momento dado, de que ni siquiera pensaban traérmelo.

El camarero entraba y salía, junto con otros compañeros y compañeras, cargado de platos llenos y vacíos, botellas de vino, jarras de cerveza o agua y refrescos varios, tazas de café y vasos de infusiones, recorriendo la sala a ambos lados del biombo. Pero ninguno se detuvo a mirarme siquiera, ni a preguntar si me estaban atendiendo ya, ni, mucho menos a traerme mi trozo de pastel.

Mientras esperaba, la cena de despedida del alcalde empezó a dar paso a la sobremesa, y algunos de los asistentes empezaron a levantarse, unos para ir al baño y regresar a la conversación poco después, otros para irse a la sala de al lado, otros, seguramente, para irse a casa. Entonces noté que los murmullos se iban acallando, levanté la vista para ver qué ocurría y me encontré rodeada por al menos seis o siete personas que solo me sonaban un poco de haberlas visto entrando y saliendo de detrás del biombo a lo largo de la noche.

Una de ellas, una mujer de mediana edad con el pelo castaño cuidadosamente rizado y vestida con un vestido de seda salvaje de color verde azulado, me sonrió casi con timidez:

—Disculpe... ¿no será usted, por casualidad, Laura Medina Solaní, la autora de *La muerte siempre ríe mejor*?

—Sí... soy yo.

—¡Encantada de conocerla! —exclamó, estrechándome la mano con energía—. Yo soy Melisa. Y estos de aquí son mis compañeros del club de lectura de la biblioteca municipal.

—¡Mucho gusto, joven!

—Leímos su libro hace un par de meses, y nos ha encantado.

—Gra-gracias.

Detesto besar a desconocidos, así que le estreché la mano a todo el mundo. Eran Melisa, Beatriz, Amelia y Clara, cuatro mujeres de diferentes edades (Clara, la más joven, debía de tener más o menos mi edad, pero el maquillaje y el vestido ceñido de color *champagne* la hacían parecer un poco mayor); y dos hombres, Julián y Lorenzo, el primero tal vez más joven que yo, con el pelo de color castaño oscuro y maneras reservadas, y el segundo mucho más mayor que el resto del grupo, con el abundante pelo corto ya blanco como la nieve (aunque los trajes oscuros con que ambos iban vestidos reducían a simple vista unos años esa abismal diferencia de edad). Todos eran amigos, parientes o compañeros de trabajo del alcalde, que habían venido a celebrar con él su jubilación.

Al principio me sentía como si me hubiera encontrado por casualidad con un antiguo profesor de instituto en una sofisticada fiesta en la que me hubiera colado usando un DNI falso, y empecé a plantearme renunciar a mi tarta de queso e inventarme un retortijón para poder salir corriendo de allí. Pero, entonces, el camarero pasó junto a mi mesa y se me quedó mirando, durante unos segundos, con una expresión de sorpresa nerviosa mucho menos sarcástica que la exagerada gentileza con que me había tratado a lo largo de la velada, y a mí se me escapó una sonrisa desafiante: todo lo que pudiera ponerle palos en las ruedas a aquel boicot sistemático me venía estupendamente. Así que me dije que, si había conseguido doctorarme, tenía que poder hablar sobre mi libro con desconocidos.

—Me alegro de que les haya gustado —contesté, mucho más tranquila—. Yo también disfruté mucho escribiéndolo.

—Es una pena que mi hermana se haya tenido que ir tan pronto —comentó Amelia, observándome con discreta atención por encima de sus gafas de montura cobriza a juego con su reluciente pelo, que resaltaban su penetrante mirada de color avellana. No pude evitar desviar un poco la vista, porque la sentí casi como un lanzazo; además de darme la impresión de que estaba comparando disimuladamente mi cara con la foto de la contraportada del libro, idea que me hacía sentirme demasiado expuesta—. Es la presidenta del club, y fue ella la que tuvo la idea. Se leyó el libro en tres días y le faltó tiempo para decirnos a todos que teníamos que incluirte en el primer hueco que encontráramos. ¡Es una auténtica fan! Si hubiera sabido que usted iba a estar aquí, no le hubiera importado traerse a los niños con tal de poder quedarse un poco más.

Tal vez el resultado del examen fue el esperado, porque no volvió a escrutarme de aquella manera. Fuera lo que fuera lo que debía de haber atraído su atención, no parecía tener demasiada importancia para los demás, que continuaron la conversación conmigo como si me conocieran de toda la vida. Solo Julián, que era el único que parecía tan incómodo con la situación como yo lo había estado al principio, se mantuvo al margen durante casi toda la conversación, miraba de vez en cuando su teléfono y echaba miradas furtivas hacia el biombo, a pesar de que en ningún momento lo llamó nadie.

—¡Nos dijo que era una historia divertida y deliciosamente macabra! —añadió Melisa, poniendo cierto énfasis en los adjetivos—. Normalmente no nos decantamos mucho por los últimos éxitos de ventas, pero pensamos que podía ser buena idea cambiar el registro que habíamos estado siguiendo en los últimos meses: todavía no habíamos leído ningún relato policíaco.

—A mí, normalmente, no me gustan ese tipo de novelas —señaló Lorenzo, con franqueza—. Cuando uno ha pasado casi toda su vida adulta sirviendo en el cuerpo, es difícil no comparar la realidad con la ficción. Pero mi nieta, aquí presente —le lanzó una sonrisa y una mirada cariñosa a Carla—, me dijo que era un relato fuera de lo común. Y tengo que reconocer que me ha sorprendido mucho.

La aludida se sonrojó y bajó la vista, con timidez.

—No me enganchó demasiado, en un principio —reconoció—. Me costó mucho empezar a entender a Tollar... pero tuve un flechazo con Lisi, y el personaje de Martínez me recordó mucho a mi abuelo. Y, desde luego, tengo que darte las gracias por haber escrito a un personaje femenino que se escapa de los estereotipos habituales en la narrativa actual... es decir, a una mujer normal.

No era un comentario que oyera muy a menudo, y el resto del grupo se rio entre dientes, pero a mí me encantó que me lo hiciera.

—¡Ah! ¿De verdad? Hay quien opina que un agente de policía con ese nivel de despiste es poco creíble.

—¡Por supuesto! En el mundo hay de todo, ¿no? —contestó, con energía, casi retadora, como esperando que alguien la interrumpiera para contradecirla—. Es muy cansado abrir una novela policíaca y encontrarse solo a gente modélica, solitarios excéntricos, almas torturadas... o heroínas geniales, muy atractivas y marcialmente profesionales; pero a las que los pobres lectores nunca pillamos siendo todo eso: siempre da la casualidad de que la aventura que vas a leer hoy sobre ellas está basada en el día que se enamoraron de alguien, o en el día que lo perdieron. Y María es la primera protagonista femenina que leo en algún tiempo que es solo una policía que quiere hacer bien su trabajo; una criminóloga joven, distraída e inteligente, que está investigando un asesinato, discute con sus compañeros de vez en cuando y tiene un perro.

Ni que decir tiene que fue aquel comentario el que me hizo sentirme verdaderamente cómoda hablando con alguien por primera vez desde que había entrado en aquel salón. A pesar de que mi risa fue la única, aparte de la de Lorenzo, que no sonó tensa.

—En realidad, eso era más o menos lo que yo pretendía cuando lo escribí —confesé, con una sonrisa cómplice—. Porque yo también estoy bastante cansada de tener la impresión de que las protagonistas femeninas solo tienen historia si tienen una relación con cualquier otro personaje.

—A mí me ha llamado mucho la atención la técnica que has usado para crear ese ambiente grotesco —dijo Julián, con tono dubitativo—. Aunque también me dio la impresión de que los pensamientos de Tollar eran bastante... caóticos.

—¿Caóticos? —pregunté, perpleja.

—Sí... como si pasara constantemente de una cosa a otra sin pararse en ninguna —respondió. Hablaba como si pretendiera disculparse por su propia opinión, pero con tono rotundo y firme—. Da la impresión de acertar con las cosas por mera casualidad, porque está más preocupada por con quién deja a su perro que por resolver el caso. Francamente... no puedo evitar dudar que alguien así pueda dedicarse a investigar crímenes y perseguir delincuentes. Y no puedo dejar de pensar que Martínez es un poco plano: esa imagen del policía brusco y malhumorado casi raya en el estereotipo.

—A mí solo me ha dado la impresión de que María lo saca un poco de sus casillas con su comportamiento aparentemente errático —señaló Lorenzo, risueño—. Y bastante paciencia tiene el pobre, la verdad: en mis tiempos, yo no hubiera aguantado tanto el tipo con un compañero así.

—A eso mismo me refiero.

—Vamos, Julián... —le dijo Clara, con tono desenfadado—. Como tú mismo has dicho, la historia está narrada desde el punto de vista de María, no desde la perspectiva de la propia Laura Medina... es una cuestión de técnica. Además, es una comedia grotesca, como también acabas de comentar tú; no un drama policíaco. Exagerar un poco forma parte de las convenciones del género.

—Pues el final no es precisamente alegre. De hecho, yo diría que da algo de miedo.

—Acabas de dar una definición perfecta de lo que es ser «grotesco», hijo —comentó Lorenzo—. El ser humano puede llegar a ser el peor monstruo que existe y, aun así, sacarte una buena carcajada y conseguir que empatices con él.

Aunque Carla y Lorenzo lo habían dicho casi todo por mí (cada vez me caían mejor), estuve a punto de añadir que el funcionamiento de la memoria humana casi siempre parece caótico y rara vez lo es, porque los mecanismos para la recuperación de los conocimientos y recuerdos son sumamente complejos. Que el chispazo que pasa de neurona en neurona puede recorrer rutas inesperadas y descubrir caminos que creía cerrados, a veces para llegar a rincones cuya existencia ignoraba: una persona puede recordar cómo se toca el piano, pero no cómo leer un pentagrama; o ser capaz de evocar con una intensidad brutal cada instante de su propia vida, pero no cómo caminar. Un cerebro sano tenderá a tener la impresión de haber tenido una vida mucho más feliz de la que realmente ha vivido; mientras que una persona con depresión tal vez tenga problemas para recordar lo que ha hecho en los últimos días, pero le puede poner rostro, nombre y fecha a todas y cada una de sus cicatrices de humillación o decepción, y lleva sobre los hombros el peso de todo su pasado. Y, desde luego, hasta un agente de policía puede estar convencido de no tener ni la más mínima idea sobre un tema en concreto y, ante un estímulo aparentemente banal, recordar algo aparentemente banal que, en un contexto determinado, resulta ser precisamente lo que más necesita recordar. Cierto alumno mío había reconocido una vez delante de mí (por accidente, aunque para mí fue un indicio claro de que tenía delante a un chico inteligente) que había aprobado uno de mis exámenes porque, al ver una de las fotografías de la hoja que yo le había dado, le habían venido a la mente las que uno de sus contactos franceses de Facebook se había hecho con su novia en París el 14 de julio, y eso le había recordado algunos eventos clave de la revolución sobre los que le estaba preguntando.

Pero antes de que pudiera abrir la boca, Beatriz le dio una palmada amistosa en el hombro a Clara y le dijo:

—Vamos, vamos, ¡no puede gustarle todo a todo el mundo! A ti, por ejemplo, no te gustó nada *La insoportable levedad del ser*, y a mí no me gustó *Cien años de soledad*.

—A mí tampoco me gustó el libro de Kundera, la verdad —contestó Amelia—. Lo único interesante que le saqué a esa historia es una lista de razones por las que un mujeriego jamás dejará de ser mujeriego. Pero sí me gustó mucho *Cien años de soledad*.

—A mí la que no me gustó nada fue *Ulises* —comentó Melisa—. ¡Cada vez que intentaba leer más de una página seguida acababa con dolor de cabeza! No entiendo cómo pudisteis con ella.

Y, así, la conversación sobre mi novela se acabó convirtiendo en una conversación sobre todos y cada uno de los libros que ellos habían leído ya en el club de lectura, todos y cada uno de los que pensaban leer, y todos y cada uno de los que esperaban no tener que leer nunca; a la que, esta vez sí, Julián se sumó más que encantado. Cinco minutos después, estábamos todos sentados en torno a la mesa que yo había ocupado para cenar, y yo ya me había olvidado por completo de mi desaparecido postre. Había leído muchos de los títulos que mencionaron (ya fuera para alabarlos apasionadamente o criticarlos con suma ferocidad), pero no tardé en ser incapaz de intentar iniciar una conversación sobre ninguno de ellos: al cabo de un cuarto de hora de escuchar con toda la atención que podía su intenso debate literario, yo ya me sentía tan agotada que solo podía pensar en subir a mi habitación, meterme en la maravillosa cama con dosel y pasarme una semana entera durmiendo en ella. Ni siquiera estoy del todo segura de quién dijo qué durante la siguiente media hora, que se me antojó larga como seis lustros, y que pasé sumergida en una especie de trance nebuloso, del que emergía de tarde en tarde para intentar aportar un comentario, u opinión, que solía chocar de frente con la charla en sí misma. Era un poco como intentar conversar con el ruido.

—Todavía no hemos leído *Don Quijote* —propuso Lorenzo—. Y eso que se supone que es nuestro clásico de los clásicos.

—Porque es demasiado larga —le contestó Julián—. ¡He visto ediciones en dos volúmenes, los dos enormes! Y, además, es tan densa que necesitaríamos casi un año entero solo para hablar de ella.

—¿Qué os parece si añadimos a la lista *Rojo y negro*? —Creo recordar que sugirió Amelia.

—¿De Stendhal? Es que yo la he leído ya —respondió ¿Clara? ¿O fue Beatriz?

—¿Qué me decís de *Utopía*? —inquirió Melisa (supongo).

—Pero ¿ese no era sobre política? —comentó Beatriz.

De esto en concreto me acuerdo bien, porque me llamó bastante la atención que se mencionara ese título en un círculo de lectura no académico, así que fui yo la que contestó.

—Es la descripción de cómo sería, para el propio Tomás Moro, una sociedad ideal.

Melisa, Beatriz y Amelia me dirigieron una mirada de desconcierto, como si acabara de recordarles de manera particularmente maleducada que yo estaba allí. Durante unos segundos, llegué a temer haber dicho algo inapropiado sin darme cuenta.

—Y además es bastante antiguo, ¿no? —inquirió Julián, con desenfado—. ¿Siglo XV?, ¿XVI?

—Siglo XVI —corroboré yo.

—Uf, tienes razón, nos pilla demasiado lejos —respondió Melisa, negando con la cabeza—. Y si además es sobre política, mala combinación. Quiero decir... ¡el club de lectura es el único espacio en el que parece que todavía se puede hablar de algo que no sea la última puñalada por la espalda que le han pegado a Julio César! ¿No deberíamos respetar eso?

—Estoy de acuerdo contigo, Mel —confirmó Amelia—. Mejor descartamos ese. Debe de haber algo menos polémico que no hayamos leído todavía.

—Si quieren literatura de calidad más o menos ligera y les gustan los clásicos, ¿qué me dicen de algo de Jane Austen? —sugerí, más despierta en ese momento (gracias a la oportuna intercesión de santo Tomás Moro)—. O una novela de viajes, como algunas de Julio Verne. *Miguel Strogoff*, por ejemplo.

—Por desgracia, me temo que esa la he leído yo —contestó Lorenzo, con entusiasmo—. Tiene un poco de todo lo bueno que uno puede esperar en una novela histórica de aventuras. Así que, si queremos algo que nos tenga leyendo unos cuantos días y nos haga pasar unos cuantos buenos ratos, es una opción excelente. A mí, desde luego, no me va a importar leerla otra vez.

—A lo mejor Julio Verne es una lectura *demasiado* ligera —opinó Amelia, poco convencida—. Yo estaba pensando en algo con un poco más de enjundia.

—Además, recuerdo haber visto algún ejemplar de ese libro en alguna parte... —apuntó Julián, con el mismo tono dubitativo con que había opinado que mi personaje era caótico—. Otro tocho de más de trescientas páginas.

—Entonces, mejor dejarla para las vacaciones, ¿no? —sugirió Melisa—. Y, mientras tanto, buscar una alternativa. A lo mejor se nos ocurren nuevas ideas para entonces.

—Sí, estoy de acuerdo —afirmó Beatriz, asintiendo casi con solemnidad.

—Yo no negaré que me encantaría leer algo más de Gabriel García Márquez —añadió Amelia, con una gran sonrisa.

—¿Tal vez *Crónica de una muerte anunciada*? —propuse yo; más que nada, por intentar aportar algo más antes de rendirme definitivamente—. O *El coronel no tiene quien le escriba*.

Pero Melisa y Amelia estaban demasiado enfrascadas en sus respectivas listas de lecturas pendientes como para escuchar mi propuesta, y Beatriz, Clara y Julián habían empezado a hablar del máximo de páginas que podían permitirse leer; así que solo Lorenzo escuchó mi propuesta.

—Dos más que ya he leído y no me importaría volver a leer.

Parecía más que dispuesto a seguir hablando de esos libros y, sinceramente, me hubiera encantado, porque era evidente que él sí estaba interesado en conversar conmigo. Pero de repente, como si alguien le susurrase algo al oído, o más bien como si algo en mi cara le recordase algo que casi había olvidado, adoptó una expresión severa, y me miró a los ojos con una mezcla de curiosidad y aprensión que me desconcertó por completo.

—Disculpe, joven, ¿le puedo preguntar algo sobre su novela? Es una cosa que me llamó bastante la atención en su momento, y no consigo parar de darle vueltas.

—Eh... sí. Claro que sí.

Las conversaciones de los demás se acallaron, y todos volvieron a estar pendientes de lo que decíamos. Clara parecía un poco apurada y Beatriz arrugó la nariz, pero aquello no hizo sino que empezara a picarme realmente la curiosidad.

—El asesinato de su novela ¿está basado en el caso de los hermanos Expósito?

Beatriz no pudo contenerse más y le dio en el hombro un golpecito con el abanico algo menos bromista de lo que parecía pretender. No daba la impresión de estar particularmente ofendida, pero sí un poco irritada. No era difícil llegar a la conclusión de que aquel caso, que a mí no me sonaba de nada, era un tema de conversación recurrente, al menos para ellos dos.

—¡Ah, eres incorregible, primo! ¿No puedes estar cinco minutos sin hablar de los hermanos Expósito? ¡Si, a estas alturas, lo más probable es que ni siquiera sus nietos se acuerden de aquello!

—Vamos, Bea... ¡cualquiera diría que no hablo de otra cosa!

—¡Pues esa es la impresión que das! Parece que no puedes respirar tranquilo si no los sacas al menos una vez en cada trama policíaca que te encuentras. ¡Menos mal que no te gustan!

—Reconoce que, tratándose de esta novela en concreto, es una duda razonable.

—No, me temo que no —reconocí yo, casi lamentando que fuera así—. De hecho, no me suena de nada ese caso. El relato está basado en una anécdota que me contó mi abuela de niña, algo que pasó en un hotel en el que trabajó de joven.

Lorenzo suspiró.

—En fin... supongo que es lo que hay —dijo, a nadie en particular, con una sonrisa triste. Luego volvió a dirigirse a mí—. El tiempo no pasa en balde. Entonces todo era mucho más difícil de recordar que ahora, y por eso mismo era también más fácil de esconder. Además de que cada persona es hija de su padre y de su madre, y un universo totalmente aparte; así que podemos llegar a volvernos completamente locos por algo a lo que solo nosotros le vemos la importancia: lo que para otros es poco más que una anécdota siniestra, para uno puede ser el enigma de toda una vida.

Tuve que aguantar la respiración unos segundos para no quedarme con la boca abierta al oír esa última frase y, aun así, me provocó un escalofrío que me sorprendió que no viera nadie.

Durante un segundo, dudé si volver a mirarlo a los ojos o no, temiendo encontrar en ellos la oscura mirada perdida de mi viejo fantasma y que su expresión afable se hubiera convertido en una mueca eterna manchada de sangre. Gracias a Dios, al respirar hondo me di cuenta de que no percibía aquel temible olor a sepulcro que había disparado todas mis alarmas hacía un rato: la sala seguía oliendo a comida recién servida, manteles limpios y diferentes marcas de perfumes caros.

Al menos por el momento, no había nada que temer allí, y las palabras que había utilizado Lorenzo para referirse a su vieja obsesión, al parecer muy similar a la mía, eran pura casualidad.

Aunque igual es demasiado tarde para decir que, por motivos obvios, aquella noche estaba empezando a dejar de creer en la casualidad. Para bien y para mal.

—Pues yo sí quiero que hablemos de los hermanos Expósito —le dije, con decisión, en cuanto recuperé el aliento—. He tenido algunos problemas con gente a la que se le ha metido en la cabeza que estaba hablando de ella en mi novela... no me vendrá demasiado mal ponerme sobre aviso respecto a los cargos que se me pueden imputar.

El camarero seguía dando vueltas entre las mesas, llevando postres, licores y cafés, pasando al lado de la nuestra como si estuviera vacía. Pero en aquel momento me daba lo mismo que me escuchara o no. De hecho, me hubiera alegrado saber que estaba pendiente de cualquier cosa que yo le contara a cualquiera que me quisiera escuchar. Estaba más que harta de tanto disimular, como si la que estuviera comportándose como una cretina aquella noche fuera yo.

Lorenzo se rio con ganas de nuevo. Y Beatriz, evidentemente, se había rendido ante el peso de los hechos, así que no dijo nada.

—Pues venga, ya que me lo pide, se los voy a enumerar. Lo de los hermanos Expósito fue un caso bastante sonado en su momento, no mucho después del final de la posguerra, que tuvo lugar en un pueblo lo bastante grande como para que te suene su nombre y lo bastante chico como para que nadie sepa exactamente dónde está sin un mapa a mano. Dejó espantada a toda la comarca durante unos pocos de años, y hasta los detalles más sórdidos salieron en todos los periódicos locales como si se tratara de un serial... pero, como bien dice la prima Bea, lo que queda de la familia Expósito se dio toda la prisa que podía para olvidarse. Les ayudó bastante el que, cuando ocurrieron los hechos, la gente todavía estuviera demasiado ocupada intentando no morirse de hambre como para pensar en los líos de herencias de otros; aunque fueran tan dignos de estudio como este. Pero yo tengo que reconocer que no tenía esa clase de problemas: mis padres sí tenían, y yo era un mocoso que acababa de empezar a trabajar. De hecho, aquel era mi primer caso serio... y también fue mi primer gran fracaso. El que me sacó de la cabeza todos los pájaros que tenía y me puso de frente contra la pasta de la que está hecha realmente la humanidad. Me hizo pensar en muchas, muchas cosas, y todavía estoy aprendiendo de él.

Si Lorenzo hubiera tenido una voz más aguda, hubiera pensado que estaba otra vez en la cocina de mi abuela, escuchándola hablarnos de sus primeros días de trabajo mientras preparábamos una copiosa merienda navideña, con la televisión de fondo y en compañía de mi propia prima, que no tardaría en decir que le daba miedo aquella historia y que no quería escuchar ni una palabra más.

—Era verano, como en la tragedia de Sastre. Yo tuve que estar presente en los interrogatorios, desde el primero hasta el último, los siete días que duró todo. Primero, escuchando a la mujer del muerto, por quien los médicos habían puesto una denuncia por intento de asesinato desde el hospital; una denuncia que nunca llegó a tramitarse, por más que mis compañeros y yo lo intentamos. Luego, a la mujer del que lo había matado, que se pasó toda la semana defendiéndolo, a pesar de haber visto cometerse el asesinato delante de sus propias narices. Y luego, al asesino confeso, cuando finalmente se entregó. Para que dejáramos de molestar a su familia, nos dijo.

»A lo largo de esos días, la viuda fue respondiendo a las preguntas que le hacíamos sobre su matrimonio y su familia política; al principio, estando todavía en el hospital (fue la parte menos dura; aun a pesar de lo violento que resulta, incluso para un profesional, hacerle preguntas de según qué tipo a una persona que está, tanto literalmente como en sentido figurado, hecha pedazos), y, una vez recibida el alta, en la sala de interrogatorios. Cosas que para ella eran solo anécdotas familiares que su marido le había ido contando, y de las que ella tenía cierta constancia por haber crecido en el mismo pueblo que él, escuchando los comentarios de los vecinos a su alrededor; pero que para nosotros eran pistas, pruebas y móviles. Carlos Expósito tenía maneras autoritarias, y se enfadaba mucho cuando las cosas no se hacían a su manera; pero no era un hombre físicamente violento. Adoraba a su esposa y a sus hijos, y nunca le había puesto la mano encima a Alberto Expósito, ni siquiera en la época en la que lo trataba más como si le debiera vasallaje que como a un hermano... pero lo había matado a sangre fría delante de treinta personas, entre ellas su propia esposa, sin pensárselo dos veces. Nadie se hubiera esperado nunca que acabara pasando algo como aquello. O, al menos, eso decían los interrogados. Porque, cuantos más testimonios escuchábamos en aquella sala infernal, mientras fingíamos hasta ante nosotros mismos que no estábamos asfixiándonos de calor con aquel condenado uniforme de paño, más teníamos la impresión de que aquel esperpento no le sorprendía a nadie.

»Todo había empezado con la muerte de la madre, la señora de Expósito, que había dejado solo dos herederos: Carlos, el hijo mayor, y Alberto, el hijo menor. Se llevaban apenas dos años, y se parecían el uno al otro como dos gotas de agua. Probablemente, si los hubieran criado igual, hubieran acabado siendo copias exactas en todos los sentidos. Pero, por la razón que fuera, a la señora siempre le había gustado más su hijo mayor. No sé si serían verdad las malas lenguas, o algunas de ellas, por lo menos: que si el mayor, por la razón que fuera, le recordaba más o menos al marido, que si el menor había sido no deseado, que si el mayor era fuerte y viril como un toro, mientras que el menor le había salido endeble y algo afeminado...; en fin: el caso es que se notaba, y mucho, demasiado diría yo, que el favorito era Carlos, y aquella elección les pesó a los dos a lo largo de toda su vida. La señora alababa cualquier cosa que saliera de la cabeza de Carlos, fuera lo que fuera, y presumía de que era un chaval listo y despabilado; aplaudía las conquistas un poco demasiado asiduas de Carlos durante su adolescencia tardía, diciendo que tenía un encanto natural que las volvía locas a todas, e incluso disculpaba todas y cada una de las salidas de tono de Carlos, justificándolas con la siempre válida excusa de que era un muchacho joven e impetuoso, qué se le va a hacer, pero que en el fondo era un buen chico, y a menudo decía que se alegraba de que tuviera algo de temperamento, porque no le gustaban nada los hombres que no sabían defenderse. Pero de Alberto solo decía que no le daba más que disgustos. No quiso que el cura lo mandara a Navarra, a pesar de que era evidente que el niño valía para estudiar, porque creía firmemente que era un desperdicio de recursos; porque un inútil como él solo podía parecer inteligente por pura suerte. No le dio el visto bueno a la boda con su novia de toda la vida, porque le parecía tan tonta como él. Y, cuando el muchacho se hartó de todo y decidió alejarse de su madre todo lo que podía para mantenerse cuerdo, no le gustó absolutamente nada que se pusiera a trabajar de lo primero que consiguió encontrar en la ciudad, que resultó ser dependiente en una sastrería; porque consideraba que estaba por debajo de lo que se merecía alguien de su sangre, y que un hijo suyo que se fuera de casa de su madre por dinero y posición tenía que aspirar, como mínimo, a ser conde. Ya se imaginará cómo sigue, así que podrá imaginarse también lo que debe de ser pasar veinte años escuchando cosas como esas todos los días.

—Supongo que Carlos acabaría siendo un niñato malcriado que cree que se le debe todo, y Alberto un chiquillo apocado que se siente poco menos que nacido para ser sirviente, de su madre primero y de su hermano después —respondí yo, bastante enfadada. No puedo evitarlo: aunque en mi vida adulta haya leído lo suficiente sobre odio y acoso en las aulas como para conocer el fondo psicológico de estos fenómenos, hay pocas cosas que me toquen la moral más que las discriminaciones flagrantes, sobre todo cuando dan la impresión de ser totalmente aleatorias—. Es lo que suele pasar en las familias con semejantes grados de toxicidad: el niño dorado hereda el narcisismo del progenitor, y el chivo expiatorio continúa siéndolo hasta el final de sus días... o hasta que alguien detenga el ciclo.

—¡Hablas como toda una experta! —exclamó Clara. Con menos que más interés, era la única que estaba escuchando: los demás ya habían vuelto a su exclusivo coloquio literario.

—Bueno, además de escritora, no dejo de ser profesora... aunque todavía no lleve muchos años ejerciendo —contesté yo, apocada por lo que parecía ser un halago—. Por favor, Lorenzo, continúe.

—Será un placer. El caso es que tiene usted razón: eso es precisamente lo que acabó pasando. Carlos, del que su mujer decía, como habría dicho su madre, que de puro bueno parecía tonto, conseguía todo lo que quería; por las buenas o por las malas. Y Alberto, que había sido invisible casi para todo el mundo hasta que lo mataron, estaba tan acostumbrado a que su hermano se lo quedara todo que le pareció un milagro llegar a casarse con quien le apetecía sin más objeciones que las de su madre, que tampoco podía hacer gran cosa para impedírselo aparte de negarse a ir a la boda. Cosa que no hizo: prefirió asistir, para poder pasarse el rato quejándose de todo.

»Si ese abismo que se había establecido entre esos dos hermanos idénticos era o no precisamente lo que ella pretendía con su comportamiento hacia ellos, nunca lo he sabido y nunca lo sabré. Lo que sí supe (y vaya si lo supe, porque ahí estaba el meollo del asunto) es que, cuando se enteró de que la cabeza le estaba empezando a fallar, y que no tardaría mucho en no poder recordar ni siquiera su propio nombre, decidió testar a favor de su hijo mayor. La idea era que el bueno de Carlos, que se había desvivido siempre por ser el orgullo de su madre, y que hasta se había quedado en el pueblo para poder cuidarla a pesar de que ni siquiera hacía falta que lo hiciera, se quedara con la casa, los terrenos y los ahorros de la familia...; y que Alberto, que era un ingrato que había abandonado a su madre, y que solo se acercaba al pueblo para ir a bodas y entierros, no heredara ni los platos en los que había comido de niño.

—¿No era eso ilegal? —señalé yo—. Igual que ahora, vamos. He visto de cerca líos por el estilo, y tenía entendido que en España no se puede desheredar por completo a los hijos, a menos que incurran en indignidad.

—Sí. Era, y es, así —contestó Clara.

—Exactamente: Alberto, que ya estaba empezando a conseguir tomar las riendas de su vida lejos de la influencia de su madre, llevó el caso a los tribunales y, finalmente, consiguió que se le reconociera el derecho a un medio tercio del total, lo mínimo que un hijo que tenía un hermano reconocido podía, y puede, heredar en España. Eso se tradujo, a efectos prácticos, en la mitad del dinero y una pequeña parte de los terrenos, tal y como se acordó ante notario una vez tasados los bienes. Y Carlos no se manifestó disconforme... tal vez porque todavía creía que, al final, su hermano renunciaría más o menos voluntariamente a su parte para dársela a él, como siempre acababa haciendo.

—Pero no lo hizo.

—No, porque, aunque no eran gran cosa, eran legalmente suyos: el testamento era claramente irregular, y él tenía verdadero derecho a esas propiedades. Así que no pidió nada más, ni siquiera disculpas. Y, precisamente por eso, un mes o dos después, con ocasión de su cumpleaños, Carlos invitó a toda la familia a comer a un restaurante de la ciudad; un sitio elegante y perteneciente a un hotel igualmente elegante, muy parecido a este. La señora de Alberto, Ana Cabrera, que estaba embarazada de dos o tres meses, empezó a encontrarse mal durante la cena y acabó perdiendo al bebé. Mientras ella estaba en el baño, antes de que se diera cuenta de lo que le estaba ocurriendo en realidad, los hijos de Carlos se fueron a jugar a cualquier rincón y los dos hermanos empezaron a hablar de lo que cada uno pensaba hacer con su parte de la herencia.

»Los testimonios divergen al respecto de esta conversación: unos dicen que hubo una pelea, otros que no pasó absolutamente nada. Que no hubo ni siquiera una discusión. Ni gritos. Ni insultos, ni amenazas, ni movimientos violentos, ni siquiera cambios de tono que pudieran dar la impresión de que la conversación que estaban manteniendo los hermanos Expósito fuera particularmente sensible.

»Pero lo que sí vio todo el mundo fue cómo, en cuanto Alberto se distrajo durante unos minutos comentando con su cuñada, Isabel Manzanares, algo que le parecía gracioso, Carlos sacó del bolsillo una pistola y le pegó un tiro en el corazón a bocajarro. El hombre murió en el acto y se desplomó en la silla, con los ojos abiertos y una sonrisa en los labios.

»El asesino salió corriendo de la sala y del restaurante, aprovechando el barullo que se armó a su alrededor. Para cuando la Guarida Civil se personó en el escenario del crimen, ya hacía un buen rato que nadie tenía ni idea de dónde podía haberse metido, y ni siquiera el personal podía decir con certeza si lo habían visto marcharse.

»Estuvo seis días fugitivo, tiempo que nosotros dedicamos a investigar el suceso, interrogando a todo el mundo.

»Los demás presentes en el restaurante no tenían ni idea de nada, ni recordaban haber oído ni visto nada especial, y solo se dieron cuenta de que allí estaba pasando algo raro cuando escucharon el disparo. Ni siquiera recordaban claramente el aspecto de Carlos Expósito, ni qué llevaba puesto, ni si estaba armado todavía al salir, ni si había huido por la puerta de la derecha o por la de la izquierda. Pero Isabel Manzanares dijo que los dos hermanos habían empezado a hablar de la herencia y habían acabado discutiendo porque Alberto estaba empeñado en reclamar la mitad de todo. Como Carlos se había aferrado al contenido del testamento, y se mostraba dispuesto a volver al juzgado para defender su derecho, Alberto había perdido los papeles y cogido uno de los cuchillos de la mesa, amagando con apuñalarlo... así que él había sacado su pistola para defenderse, con la mala suerte de que el disparo había sido mortal. Que, por lo tanto, había sido un acto de legítima defensa. Fue lo mismo que nos contó el propio Carlos Expósito nada más entregarse.

—¿Y fue así? —pregunté yo, que jamás había oído algo tan descarado como lo que me estaban contando en ese momento, y ya estaba tan indignada como si el desdichado Alberto Expósito y Ana Cabrera hubieran sido mis propios padres—. ¿Lo consideraron legítima defensa?

—¿Nosotros? Por supuesto que no —contestó Lorenzo, muy digno—. Para empezar, ni siquiera tenía una justificación real para presentarse con una pistola completamente cargada en un restaurante donde se suponía que iba a celebrar su cumpleaños con su familia. Para seguir, era la hora del postre; no había ningún cuchillo en la mesa en aquel momento, y tampoco se encontró ninguno, ni nada que pudiera usarse como uno, escondido en la ropa del cadáver: el tipo no llevaba encima ni siquiera un maldito bolígrafo. Y tampoco encontramos nada por el estilo en el suelo, en ninguna parte de la sala. Así que la víctima no podía tener un arma blanca en la mano en el momento del homicidio. A eso se debe añadir el detalle, particularmente sospechoso, de que los adultos hubieran invitado a los niños a salir de la sala para ir a jugar antes de que acabaran de cenar. Y, para terminar, las pruebas médicas que le hicieron a Ana Cabrera para determinar la causa de su extraño malestar, y del aborto que lo siguió, nos desvelaron que había ingerido una dosis baja, pero lo suficientemente alta como para ser peligrosa para ella y letal de necesidad para el feto, de matarratas.

Se me heló hasta la médula de los huesos, y creo que me quedé varios minutos, esta vez sí, con la boca abierta.

—Naturalmente, la señora de Carlos Expósito propuso rápidamente como explicación al suceso un intento de suicidio por parte de Ana Cabrera, al verse sola y embarazada, y llegó incluso a intentar denunciar a su cuñada por provocarse un aborto —continuó explicando Lorenzo, con un tono desenfadado, pero tan ácido que podría haberme reducido a un charco si yo no estuviera más pendiente de lo que me contaba que de cómo lo estaba haciendo—. Pero esa teoría no aguantó ni el rato que tardó en contárnosla: todos los síntomas descritos por la señora de Alberto Expósito durante la cena, así como los exámenes médicos pertinentes, indicaban que el veneno había sido ingerido con la comida, antes del asesinato de su marido. Entonces, la acusó de adulterio.

—¡No es verdad!

—Sí, señorita: marido y mujer dijeron haberla visto en compañía del mismo camarero que les había estado sirviendo la cena; a pesar de que, cuando investigamos al único camarero varón que tenía turno aquella noche, demostró no tener acceso a ningún tipo de veneno y, sobre todo, que en realidad no había sido él quien había servido la cena a los Expósito, sino una de sus compañeras, y que él simplemente estaba presente en la sala durante la velada, sirviendo otras mesas.

—¿Y, aun así, se sostuvo lo del adulterio?

—Para nosotros era más que obvio, pero pusieron la denuncia sin que se les moviera un solo pelo de su sitio. Ya sabe usted cómo funcionan este tipo de cosas: sostenella, que no enmendalla. Entrará un rico en el reino de los Cielos antes de que un narcisista perverso admita que lo es. Así que, aunque todas las pruebas apuntaban a que Carlos Expósito había invitado a cenar a su hermano y a su cuñada con el objetivo, si no de matarlos a los dos, de asesinar a su hermano e impedir que naciera su sobrino, y a que Isabel Manzanares estaba implicada de alguna manera en el doble crimen, ellos continuaban jurando, perjurando y porfiando, con tanta firmeza que hubieran podido convencer a Dios de que no existe, que aquello no era lo que los hechos decían que era.

—¡Qué tipo más cruel y retorcido! —exclamé, espantada—. Pero, por macabro que sea este caso, usted debe de haber visto cosas mucho más imponentes a lo largo de toda su carrera... teniendo en cuenta el tiempo en que le tocó ejercer.

Lorenzo clavó de nuevo los ojos en mí, con torva seriedad.

—Esa es la cuestión, muchacha... que se supone que ese tipo de historias, dejando aparte esa puesta en escena tan digna de un Grand Guignol, pasan prácticamente todos los días. Incluso hoy en día hay gente que se propone burlar a la ley, creyendo que nadie va a descubrir que han sido ellos los que han «acelerado los trámites» para heredar. Pero no: en realidad, lo que me impactó más no fue tener que mover cielo y tierra para intentar encerrar a un tipo que había matado a su hermano y hecho abortar a su cuñada delante de treinta testigos. Ni siquiera que su mujer acusara en falso a la viuda para encubrirlo todo; que quemara todos los cartuchos habidos y por haber para evitar, en el mejor de los casos, la cárcel para los dos o, en el peor, el garrote para él. O que, después de toda aquella investigación exhaustiva, el juez, al escuchar que había una acusación de adulterio contra la esposa del finado, acabara considerando irrelevantes para el caso todas las pruebas que habíamos recabado y los absolviera sin pensárselo dos veces. Lo más espantoso de todo, lo que me dejó completamente revuelto sin remedio, fue tener que hablar con ellos.

—No entiendo lo que quiere decir.

—Seguro que sí lo entiende, porque he visto en su novela que usted tiene esto tan asumido como yo; aunque haya elegido mirar más de cerca la cara buena de la raza humana que la mala. La mayoría de la gente parece pensar en el mal como una especie de sátiro envuelto en llamas con una sonrisa maligna en la boca y un tridente en la mano, y está convencida, sin ser siquiera consciente, de que la maldad tiene que parecerse necesariamente a eso: los malos solo hacen cosas de malos, y las hacen porque son malos. Pero hasta Satanás es el bueno de su propia historia: un ladrón, un violador, un asesino... nunca roba, ni viola, ni mata porque así de malvado es él; es un ser humano, con uso de razón, voluntad y conciencia, y tiene sus motivos para hacer lo que hace. Simplemente, tu idea de lo que es importante y lo que no, de qué es aquello por lo que supuestamente merece la pena matar o morir y qué cosas no deberían causar jamás un derramamiento de sangre, no encaja del todo con la suya. Si la ley existe es, precisamente, porque hay gente que está íntimamente convencida de que, si tiene medios para hacer algo, tiene derecho a intentarlo, así arda todo lo que tocan. Eso es, en esencia, el auténtico mal. Esa es la razón principal por la que prefiero leer a Lope de Vega y a Shakespeare antes que a ningún autor que diga escribir sobre policías, guardias civiles, gendarmes y demás variantes de nuestro oficio: ellos sí que sabían cómo darle cuerpo a un canalla verdaderamente parecido a los que yo he tenido que llegar a encerrar, e incluso a algunos de los que más lamento que nadie pueda encerrar jamás.

»Cuando me senté delante de Isabel Manzanares y empecé a interrogarla, no solo había estado ya intentando sacarle una declaración coherente a una mujer que no podía decir dos palabras seguidas sin llorar; también tenía delante un parte médico que me decía, con las analíticas en la mano, que la cuñada de esta mujer había perdido a su hijo y que, de no haber ido inmediatamente al hospital, hubiera muerto ella también. Y Alberto Expósito, con su sonrisa de niño ya fría como un témpano, hubiera podido ver venir lo que su hermano le iba a hacer de no haber estado hablando con la mujer que yo tenía delante en ese momento. Tuve que recordarme eso a mí mismo mientras ella, con una calma soberana, me contaba cosas sobre cómo les iba a sus hijos en el colegio, o cómo se esforzaba su marido por mantener la casa y darles lo mejor a los tres; sobre lo difícil que era dar con un restaurante verdaderamente bueno en una ciudad cada vez más grande, sobre cuánto lamentaba la horrible pérdida de su cuñada... y luego, sin pestañear siquiera, me mentía a la cara diciéndome que había pasado mucho miedo al ver a Alberto perder los papeles de esa manera, y que Ana había pasado la noche intercambiando miradas con el camarero que les había servido, al que estaba convencida de haber visto antes merodeando por la casa de su cuñado. Los niños, con los que también hablé, aunque en un tono más distendido, habían estado fuera de la sala desde el momento en que su padre y su tío empezaron a hablar de la herencia, y se quedaron dormidos como angelitos mientras esperaban a que terminara de interrogar a su madre.

»Y el asesino... era un hombre honrado y trabajador, y un padre de familia ejemplar. Pidió permiso para abrazar a sus hijos y besar a su mujer cuando lo trajeron a comisaría para que declarara, jurando por todos los santos del calendario que no pensaba escaparse otra vez. Hablaba con una tranquilidad verdaderamente pasmosa; suspiraba, se lamentaba de haberse quedado sin tabaco durante su huida y de que su cuñada se hubiera quedado completamente sola en aquella ciudad inhóspita, y su tono era suave y comedido. Casi hubiera dado la impresión de que los monstruos éramos nosotros, que habíamos perseguido sin descanso durante seis días, y luego encarcelado sin compasión, a aquel pobre caballero que acababa de perder a su único hermano menor estando todavía caliente en el ataúd el cuerpo de su madre. Y eso no cambió ni siquiera cuando empezamos a hacerle las preguntas oportunas, tirando de las pruebas, y él empezó a cambiar su versión de los hechos poco a poco. Hasta que al final, saltando de incongruencia en incongruencia, conseguimos que acabara contándonos la verdad: sí, había llevado a su hermano y su cuñada a aquel restaurante para matarlos a los dos, y su mujer había colaborado echando el matarratas en la sopa de Ana, fingiendo que le ponía sal.

»Con su semblante y prestancia de hombre de pro, de esposo y padre devoto, acabó diciéndonos, sin sudar ni una gota, con una sonrisa encantadora aterradoramente parecida a la de su hermano muerto, que era evidente que Alberto Expósito iba a ser recordado como un ingrato codicioso, un asesino en potencia que había muerto intentando matar a su propio hermano y a su familia, y que su no tan desconsolada viuda sería procesada por aborto, o por adulterio, por estar liada con un donnadie que se dedicaba a servir mesas y que la había acabado envenenando por celos. Y que el único error que él había cometido, por culpa del cual se estaba enfrentando a aquel endemoniado proceso judicial, había sido querer parecer un héroe, en lugar de limitarse a envenenar también a su hermano para que tuviera una muerte mucho más discreta, y también más fácil de disfrazar como la apasionada venganza de un amante despechado. Eso les hubiera evitado, además, tanto a él como a su esposa, el lapsus de que cambiaran su declaración varias veces, lo cual resultaba sospechoso en sí mismo.

—O sea... —dije yo, tan indignada y horrorizada que apenas me salían las palabras. Hacía años que no titubeaba tanto al hablar—, que llevaba planeando el crimen desde hacía tiempo y que no se arrepentía absolutamente de nada, excepto de haber cometido los errores de táctica por los que ustedes los habían pillado.

—Mientras nos los llevábamos a los dos, a él y a su mujer, solo pidió disculpas a sus hijos, por dejarlos solos; pero les prometió que volvería en seguida y les traería un regalo. Isabel lloró un poco mientras daba instrucciones para que le llevaran los niños a su madre, y seguía diciendo que, de no haber matado Carlos a Alberto, hubiera sido Alberto quien lo hubiera matado a él.

—¿Y también confesaron que todo había sido por la herencia?

—Sí y no. Tal vez, si lo hubieran hecho, todo hubiera sido diferente... pero Isabel solo manifestaba estar preocupada por su marido, y Carlos no utilizó esas palabras exactamente en ningún momento. Sin embargo, cuando le estuvimos preguntando acerca de sus relaciones personales con su hermano, nos contó que Alberto siempre había sido la oveja negra de la familia, que a su madre le había costado la vida meterlo por vereda, y que no le había sorprendido demasiado que intentara quedarse con todo a su muerte.

—Pero, abuelo... ¿no decías que lo único que Alberto Expósito reclamó en el juicio para impugnar el testamento fue su parte de la legítima como heredero forzoso, que no llegaba ni a la mitad de la mitad del total de la herencia? —se me adelantó Clara—. En ese caso, bastaría con mirar las actas y la sentencia de aquel juicio para desmentir a Carlos Expósito.

—Exactamente, tesoro. Pero todos estamos ya hartos de escuchar a gente que quiere hacerle creer a los demás que los hechos son lo que ellos temen o quieren que pase, en lugar de lo que realmente ha pasado. Además, cuando le preguntamos al señor Expósito en qué consistía la herencia y cómo la había empleado cada uno, estuvo un buen rato hablando de la casa materna, que él había convertido en *su* vivienda principal para vender la otra; de *sus* terrenos, que quería dividir en parcelas pequeñas, una para tenerla como huerto y el resto para trigo; de *su* dinero, con el que esperaba reacondicionar la que ahora era su casa y comprar nueva maquinaria agrícola. Y de cómo su díscolo hermano pequeño se negaba a entender que *él* necesitaba todo aquello, porque no pensaba más que en él mismo y en sacarle a su madre a su muerte todo lo que no había conseguido sacarle en vida, sin tenerlo en cuenta a *él*.

—O sea, una versión de los hechos que podía llegar a sembrar la duda sobre lo de la legítima defensa, además de justificar el asesinato como una especie de mal necesario para garantizar su derecho a la herencia —resumí yo.

Empezaba a entender claramente por qué aquel caso había trastornado tanto a Lorenzo como a mí me había trastornado el hallazgo de mi abuela. Y él debió de darse cuenta, porque me dedicó una sonrisa lobuna.

—Naturalmente, el fiscal le sacó toda la paja a la perorata delante del tribunal... así que, en el juicio, por mucho que los noticieros adornaran el relato para ofrecérselo al público, sonaba muchísimo peor: Carlos Expósito estaba convencido de que le correspondía quedarse con toda la herencia de su madre, que llevaba considerando legítimamente suya desde hacía ya años, y ya podían las leyes decir misa al respecto. Para él, que la Justicia hubiera reconocido a su hermano como heredero forzoso era una vulneración de unos derechos que él estaba convencido de tener, que su madre le había educado para creer que tenía. Había llegado un momento en que le resultaba imposible reconocer en Alberto a un igual. Por eso no se puede decir que lo odiara en especial. De hecho, probablemente, ni siquiera creía realmente que fuera capaz de hacer aquello de lo que lo había acusado. Como tampoco odiaba a Ana, a la que respetaba mucho más de lo que nunca había respetado a su hermano, y de cuya honradez no hubiera sospechado ni aunque la mentira que se había inventado para hacerla encarcelar hubiera sido cierta. Se alegraba sinceramente por el éxito moderado que Alberto había tenido en la ciudad, y le encantaba que pasara a visitarlo de vez en cuando y le diera una excusa para visitar la capital de tarde en tarde. Y, desde luego, le hubiera encantado tener sobrinos a los que mimar, porque siempre le habían gustado mucho los niños, y había sabido desde adolescente que deseaba casarse pronto y tener todos los hijos que su mujer pudiera parir. Pero también tenía planes desde hacía tiempo para esos bienes que, según la ley, pertenecían a su hermano. Así que tanto él como ese bebé que venía en camino, y que se hubiera convertido, a su vez, en heredero, le estorbaban. Y por eso los quitó de en medio de manera rápida y definitiva. Aunque yo, a ratos, tenía la curiosa impresión de que era casi más una cuestión de orgullo que de dinero: que lo que más le molestaba a Carlos Expósito en toda esta situación era que la ley le hubiera dado la razón a su hermano en lugar de dársela a él; tal y como había aprendido, a lo largo de toda su vida, que le correspondía.

»Casi todo el mundo estaba convencido de que era culpable, desde los policías que habíamos llevado el caso hasta el último de sus vecinos, que habían conocido a ambos hermanos desde niños; pasando por los médicos que habían atendido a Ana Cabrera. Pero ya habrá deducido, por todo lo que le he ido contando, que su familia era bastante poderosa en la zona, que tenía dinero y posición, y que eso le garantizó el acceso a un abogado infinitamente mejor que el que podía costearse un ama de casa recién enviudada. Así que, finalmente, Carlos Expósito consiguió lo que se proponía: su defensa alegó que se habían producido coacciones durante la detención que habían forzado los cambios de declaración del acusado, y desacreditó uno por uno todos los testimonios de la ahora imputada por adulterio, de manera que las tres cuartas partes de lo que teníamos se convirtió en papel mojado. Por último, ese tono mesurado y entristecido que no me había dado ni una gota de pena a mí consiguió enternecer al resto de los presentes en la sala del tribunal, hasta tal punto que, para cuando acabó de hablar, ni siquiera el fiscal tenía el menor interés en hacernos subir al estrado para que desmintiéramos la sarta de patrañas.

»Así que ni él ni su mujer fueron a la cárcel, y Ana Cabrera entró en prisión por adulterio sin que nadie se atreviera a hablar en su favor. Solo nosotros y las pruebas. Pero, a esas alturas, hasta mis superiores habían empezado a adherirse al discurso oficial, y mis compañeros también acabaron haciéndolo, o fingiendo hacerlo. La historia acabó definitivamente hace veinte años, cuando Carlos Expósito murió en su cama, acompañado de su familia y de los escasos amigos que le quedaban, convertido en el apestado más temido de la provincia y diciéndole a todo el que se atrevía a acusarlo de algo que su hermano era un haragán codicioso que había intentado quedarse con su dinero, y su cuñada una asesina de su propio hijo; o una ramera, dependiendo de cómo le pillara el día. Isabel Manzanares lo siguió poco después, proclamando hasta el último segundo que todo lo que habían hecho había sido en legítima defensa. Sus hijos, que habían permanecido ajenos a todo hasta el momento del arresto, siguen vivos... pero ya ni siquiera se acordarán de a qué estaban jugando en el momento en que se oyó el disparo, y todavía dicen que fue horrible que su padre matara a su propio hermano y que su tía hubiera perdido un bebé; pero que el tío Alberto había empezado una pelea en el restaurante y que la tía Ana había abortado con matarratas al hijo de su amante. A pesar de que ya estuviera más que demostrado, y de que incluso el matrimonio hubiera confesado durante los interrogatorios, que todo eso era mentira.

»Y así, doctora Medina... es como me di cuenta de que la ciencia, los hechos y la ética pueden llegar incluso a ser un estorbo para el ser humano; porque la verdad la decide, a fin de cuentas, quien sabe lo que tiene que hacer para fabricarla, ya sea dar un puñetazo en la mesa o un golpe de talonario. Así que he pasado el resto de mi carrera, y de mi vida, rebelándome contra eso con todas mis fuerzas. Y no me arrepiento, ni considero haber desperdiciado mi tiempo, porque es algo que, simplemente, tiene que hacerse. Aunque parezca que sirve de poco.

El silencio que siguió a aquel largo relato me pesó en los oídos y, durante unos instantes, llegué a preguntarme si, cuando me tocase decir algo a mí, conseguiría recordar cómo se hablaba. Aunque el aire seguía impregnado de las fragancias de los comensales y los aromas de los platos, sentía un pertinaz cosquilleo en la nuca, y no podía dejar de tener la impresión de que, desde algún lugar de la sala, unos ojos oscuros y vidriosos me observaban fijamente, esperando a que todas aquellas personas que había sentadas conmigo se marcharan para venir a ocupar uno de los asientos vacíos y volver a preguntarme, sin perder ni por un solo instante su mueca de hielo sanguinolenta, quién, y por qué, lo había matado.

—¿Ya habéis terminado esa conversación tan deprimente?

Era la voz de Beatriz, pero me costó un poco reconocerla. Aunque pretendía sonar desenfadada, la sonrisa que nos dedicaba era bastante tensa, y me estaba lanzando miradas un poco temerosas, como preguntándose qué estaría pensando yo de su familia a causa del impertinente de su primo. No sé si Lorenzo se dio cuenta, pero no se dio en absoluto por aludido. Tal vez ya estaba acostumbrado.

—Sí, hemos terminado —contestó él—. ¿Por qué? ¿Nos están esperando?

—Miguel estará empezando a preguntarse dónde nos habremos metido.

—Bueno, pues entonces no los entretengo más —me apresuré a decir, aunque lamentaba no poder seguir hablando con Lorenzo y Clara—. Ha sido un placer conocerlos.

—El placer ha sido nuestro —contestó Beatriz—. Espero que no se haya aburrido demasiado. Francamente, no entiendo la fijación de Lorenzo por ese caso: es tan espeluznante que probablemente le provocará pesadillas. Sí, fue una situación muy fuerte, y a él le enseñó algo importante, pero ya han pasado casi setenta años, ¿no?

—¿Y no le parece que, precisamente por eso, es necesario hablar de él? —aventuré yo—. Por mucho tiempo que pase, los hechos son los hechos. Y, si algo que solo ha pasado rozándonos puede cambiarnos para siempre, tal vez sea por una razón, ¿no? ¿No deberíamos, al menos, ser conscientes de esa razón? ¿No podría ser eso, precisamente, lo que permita que acabemos por dejarlo ir y que esos fantasmas descansen en paz?

—Sí, mi primo dice más o mismo. Pero yo soy de esas personas que piensan que el pasado puede volverte loco si le haces demasiadas preguntas. Hay cosas en las que es mejor no pensar mucho, y recuerdos que, si se han perdido, es precisamente porque así hacen mucho menos daño. No es perfecto, pero es lo mejor.

Estuve a punto de contarle que ni siquiera uno mismo puede dictar sus propias leyes de la memoria y del olvido; que es una de las razones por las que enseñar es tan difícil. Que, de la misma manera que uno no puede (ni debe poder) decirle al corazón cuándo y cómo tiene que latir, el cerebro también se desempeña a la perfección por funcionar como nuestro cuerpo necesita, en lugar de como uno cree que debería hacerlo: tiene su propio sistema, y sus propias reglas, para decidir qué acepta y qué rechaza, qué considera necesario y qué prescindible, qué recuerda y qué olvida. Que existen personas para las que leer y escribir supone un mundo, pero jamás olvidan una sola cara, y personas que no consiguen recordar con quién durmieron la noche anterior, aunque puedan memorizar bibliotecas enteras. Personas con retraso cognitivo que pueden enfrentarse a la muerte con la calma de un anciano que ha vivido un siglo, y genios aplaudidos que reaccionan ante un sueño roto con el terror violento de un niño abandonado. Y que, por eso, uno nunca puede estar del todo seguro de a dónde va a parar en realidad todo lo que entra dentro de su cabeza. Ni de cuándo va a volver a salir. Ni de cómo. Pero sí tiene que ser capaz de asumir que, de la forma que sea, volverá a salir algún día. Que, a la vuelta de los años, podría acabar viéndose perseguido por el fantasma de un extraño; por un recuerdo que no es suyo, de una situación que jamás ha vivido. Y que, sin embargo, en cuanto empiece a interrogar a su fantasma, se acabará dando cuenta de que, en realidad, no es un extraño; porque el recuerdo sí es suyo. Simplemente, el tiempo lo ha cambiado lo suficiente como para que le cueste reconocerlo: se ha impregnado de los nuevos conocimientos adquiridos a través de las vivencias de otros, y su rostro ha adoptado nuevos rasgos y asumido nuevos nombres. Pero sigue siendo el mismo. Y las condiciones que pone para quedarse o marcharse no han cambiado.

—«Tenemos que averiguar quién, y por qué, mató a este hombre... y a lo mejor para eso tenemos que averiguar de qué, y por qué, se reía».

Pero de pronto caí en la cuenta, como si mi viejo espectro me lo hubiera susurrado al oído entre carcajada y carcajada, de que aquella noche no estábamos en una de mis clases de la universidad. Yo no era una profesora y Beatriz no era una alumna. Ella no había venido a que le explicara una técnica de estudio para conseguir aprobar el próximo parcial de Literatura Francesa; o cómo conseguir que un adolescente que ha jurado no tocar el libro de texto aprenda algo en sus futuras clases de Historia Contemporánea, aunque sea por accidente. Aquella noche estábamos en el restaurante del Hotel Proteo, y yo era la autora de *La muerte siempre ríe mejor*; una novela sin más pretensiones que interrogar a mi propio fantasma, ponerle rostro y nombre a mis propios males y resolver mi propio enigma, de la que lo último que había esperado jamás era que se volviera contra mí, no solo en forma de comentarios más o menos duros, a veces incluso mordaces, de lectores y críticos que hubieran apreciado más o menos el relato o la técnica del escrito, sino en forma de pura crueldad más o menos refinada. Y ella solo había leído mi libro como parte del cronograma de un club de lectura: estaba allí, hablando conmigo, solo porque se había dado la curiosa coincidencia de que yo había venido a que sabotearan sin piedad mi tranquila y anónima cena a menú en la misma sala en la que ella estaba asistiendo a la fiesta de jubilación de un alcalde, y mi pertinaz resistencia pasiva contra el misterioso gerente (o propietario) del Hotel Proteo estaba separada de su entretenida y elegante velada entre amigos y compañeros solamente por un biombo. Su primo ya le había explicado sus razones para haber decidido consagrar de por vida una parte de sus esfuerzos mentales a intentar resolver ese acertijo terrible, y era más que probable que lo hubiera hecho con otros nombres y otros argumentos, tal vez más cercanos a ella que cualquier reflexión filosófica o pedagógica que pudiera aportarle yo. Y, aun así, ella no las había entendido ni siquiera lo suficiente como para respetarlas. Por lo tanto, era evidente que no iba a entender ni respetar las mías, mucho más ajenas a ella que cualquier caso con el que hubiera tenido que trabajar su primo.

Y aquella súbita revelación no me hizo la menor gracia. Me provocó un dolor fuerte y quemante en algún lugar indefinido de mi ser, como si hubiera recibido un disparo más allá del corazón; una espantosa frustración mezclada con una rabia sorda. Cerré los ojos, respiré hondo y tragué saliva, que pocas veces me había sabido tan amarga. Entonces se atenuó la quemazón, y el rugido que se había formado en mi estómago se escapó en forma de suspiro. Qué se le va a hacer, me dije. En lo que respecta a los fantasmas, mi mente quiere luchar, y el conocimiento es poder; así que desea saberlo todo, conocer todos los secretos, explorar cada rincón, contemplar todas las luces y adentrarse en todas las sombras. Otras mentes desean huir, y el conocimiento es un lastre, una responsabilidad con la que van a tener que cargar y que va a frenar su carrera. Una carrera que, aunque no fuera en realidad solo una manera de ganar tiempo (porque hay enemigos de los que no se puede huir indefinidamente, y no hay perseguidor más implacable que un fantasma, puesto que no deja de ser parte de uno mismo; así que puede llegar a seguirlo incluso más allá de la muerte), era tan legítima como mi eterna y combativa inquisitividad.

Así que lo único que hice fue dedicarle una sonrisa triste, deseando con todas mis fuerzas que jamás tuviera que necesitar luchar contra nada. Si hubiera sido más joven, con más horizonte incierto por delante que camino recorrido por detrás, tal vez hubiera temido por ella. Pero, como ya he dicho, ni yo era su profesora ni ella me había pedido que lo fuera.

—Supongo que cada uno brega como puede con las cosas que le llegan —le dije, al fin—. La cuestión es no pretender imponerles a otros un método que, a lo mejor, solo le funciona a uno mismo.

—Desde luego —contestó ella, al parecer satisfecha con mi respuesta. Y me dio un beso en cada mejilla—. Ha sido un placer conocerla.

Le tendí la mano al resto del grupo en cuanto hicieron amago de acercarse.

—Esperamos verla por aquí más a menudo —dijo Amelia.

—Estoy deseando ver su próximo libro —añadió Melisa.

—Gracias por la conversación.

—No hay de qué. Gracias a ustedes, por leer el libro.

En cuanto me dieron la espalda, Julián empezó a cuchichear algo al oído de Clara, Melisa empezó a comentarle a Beatriz y Amelia algo sobre una boda a la que tenía que asistir, por lo que estas empezaron a recomendarle diferentes tiendas de ropa en las que podía encontrar trajes de fiesta, y Lorenzo se apresuró a abordar a un hombre dos o tres décadas más joven que él, y vestido con un impoluto traje oscuro y una corbata de color indefinido, para pedirle disculpas por su más o menos larga ausencia y preguntarle qué tenía en mente hacer ahora que tenía tiempo de sobra para morir joven de puro aburrimiento y dejar un bonito cadáver.

Y yo me quedé en mi mesa vacía, en una sala tan igual de vacía que la copiosa lluvia estaba empezando a llenarla de ecos, preguntándome si realmente estaba todavía esperando a que me trajeran mi postre o si solo seguía allí para retar al apuesto camarero vampiro a que intentara echarme, a base de sonrisas mortíferas y caballerosidad sarcástica, para poder cerrar. El sonido de la tormenta me estaba anegando el cerebro, y el cansancio del que la conversación con Lorenzo había conseguido distraerme me reclamó de nuevo: me sentía tan agotada como si hubiera pasado varios días durmiendo poco y mal; el cuerpo me pesaba como si estuviera muerto y, si di varias cabezadas en lugar de quedarme directamente dormida sobre la mesa, fue por pura testarudez.

Por eso aquel sonido de pasos acercándose a mí, de unos pies grandes y seguros, me sobresaltó de aquella manera.

Pero no se trataba de mi fantasma; era un hombre de mediana edad, de cuerpo grande y hombros anchos, con los ojos negros y brillantes y la tez levemente aceitunada, que sonrió con indulgencia cuando me disculpé precipitadamente, aturrullada y sonrojada de vergüenza. Solo entonces me di cuenta de que llevaba un uniforme blanco similar a una bata larga, y el pelo cubierto con un gorro del mismo color: debía de ser un cocinero.

—Disculpe la espera, señorita —me dijo, con tono cortés y cordial, poniendo delante de mí un plato pequeño.

Estuve a punto de subirme al techo de un salto (otra vez) al ver la gigantesca araña de color marrón oscuro y estilizadas patas que ocupaba casi la mitad del plato, y creo que grité con todas mis fuerzas, mientras el cocinero estallaba en carcajadas, antes de darme cuenta de que el monstruo no se movía.

Porque, tal y como comprobé al atreverme a acercarme a la mesa de nuevo, estaba hecho completamente de chocolate negro. Y colocado encima de un generoso trozo de tarta de queso cubierta de *coulis* de frambuesa.

—Buen provecho —añadió el cocinero, secándose las lágrimas de risa de las comisuras de los ojos, antes de recuperar su solemnidad profesional—. Me han pedido que le diga que cerraremos dentro de diez minutos. Que pase una buena noche.

Y luego, sin esperar a que acertara a darle las gracias, se marchó con el mismo paso firme y resuelto, como si, en lugar de a traerle el postre a una huésped rezagada, hubiera venido a recibir las felicitaciones de un crítico de la Guía Michelin.

Desde luego, después de la atención desastrosa que me habían dispensado desde el momento en que puse un pie en el restaurante, tanto respecto a la comida como al servicio, dudé un poco de si me convenía comerme aquel pastel, que probablemente vendría también con sorpresa. Pero, como a nadie le convenía que yo fuera contando que mi cena en aquel restaurante me había provocado reacciones fisiológicas sospechosas, o que había encontrado elementos extraños en la comida, decidí que no había llegado hasta allí para abandonar antes del postre. E hice bien; porque la sorpresa, esta vez, fue bastante buena: la tarta estaba deliciosa, cremosa y dulce sin llegar a empalagar gracias al toque ácido de la fruta, y la araña de chocolate estaba rellena también de sirope de frambuesa. Disfruté hasta el último bocado, me vengué en aquel arácnido comestible de la otra imitación, mucho más cruel y malintencionada, que me habían puesto en el plato de ducha, y no pude evitar acabar por echarme a reír yo también, sin poder parar durante casi cinco minutos, de la única broma pesada que me habían gastado en aquel sitio que podía calificarse realmente como tal.

Pero el *fou rire* se me pasó de inmediato cuando vi que, en el mismo plato, oculto bajo el pastel que me acababa de comer, había un papel pequeño cuidadosamente doblado a través del que se transparentaba algo escrito.

Intrigada, lo cogí y lo desdoblé para leerlo, preguntándome a dónde iba a acabar llevándome todo aquello. Era una nota más que breve, escrita con bolígrafo en una servilleta de papel por una mano fuerte y ágil (probablemente, la misma que había echado el extra de aguacate y queso fresco en la ensalada empapada en vinagre, cocinado concienzudamente el filete demasiado salado y construido la artística y maravillosa pesadilla de chocolate), que iba dirigida, sin lugar a duda, a mí:

Habitación 36. 7:17 a. m.
Lo siento.

***

Martínez aparcó silenciosamente a la sombra de los árboles. Los dos agentes se bajaron del coche, y María dio una palmada al transportín donde estaba metida Lisi, que había dejado de sollozar y aullar, pero lo observaba todo desde detrás de la tapa enrejada, con los ojos muy abiertos y algo que parecía aprensión.

—Espera aquí. Es peligroso, y ni siquiera estamos del todo seguros de haber encontrado el sitio.

La perra emitió un gañido corto y lastimero. Pero no hizo nada más.

—No lo entiendo —dijo María, preocupada—. Nunca ha tenido el menor inconveniente para meterse en el transportín. ¿Qué mosca le habrá picado?

—Los perros huelen el peligro —contestó Martínez, con tono sombrío—. Y los viejos de mi pueblo dicen que ven a la muerte.

—Yo también lo he oído. Pero, no sé tú, ahora mismo prefiero pensar que es que ha desarrollado de repente una claustrofobia inexplicable.

—No hemos conseguido recuperar el arma homicida, María. Y ya no estamos seguros ni de cuántos son: podría haber una legión esperándonos ahí dentro.

—Lo sé. Esa es la cuestión.

Cuanto más tardaran, más posibilidades tenían de que el sospechoso (o sospechosos, porque los temores de Martínez eran fundados: que la víctima hubiera recibido un solo disparo no garantizaba que no hubiera podido recibir más) se percatara de su presencia y empezara a poner en marcha su posible plan. Aunque estaban allí a petición de Martos, no podían fiarse de él: ya les había mentido demasiado, y en detalles lo bastante importantes como para darle la vuelta a todo lo que les había contado cinco minutos antes. Gracias a Dios, el abundante claro de luna, pese a estar velado ocasionalmente por densos jirones de nube, les permitiría explorar la zona sin necesidad de usar linternas.

A María le costaba creer que pudiera existir un lugar que estuviera tan vacío, aunque tampoco se le podía ocurrir quién querría irse a vivir tan lejos de todo lugar habitado: los únicos árboles que había en las cercanías componían la raquítica arboleda a cuya sombra habían camuflado el coche patrulla, y estaba dispuesta a apostar que ellos tres eran los únicos animales que habían pisado aquel suelo grisáceo y pedregoso desde que empezó a existir el tiempo. A sus espaldas seguía la ciudad, envuelta en su eterna aura eléctrica, pero lo único que Martínez y ella tenían delante en aquel momento era una pálida planicie de acero y plomo, que se extendía hacia un horizonte difuso que tal vez escondiera (o tal vez no) un pueblo en el que podrían encontrar algo vivo.

El único indicio de que había habido seres humanos allí un día, aunque no pudieran estar del todo seguros de si ese día había sido hacía varias vidas, era aquel enorme caserón encalado que se levantaba a un lado del fantasmal camino, y que parecía tan muerto como el paraje que lo rodeaba.

La vivienda estaba rodeada por una alta tapia encalada, y poco podían apreciar desde el exterior, aparte de que tenía al menos dos pisos y un tejado a dos aguas cubierto de líquenes. Lo único que podían ver, y solo porque contrastaba con el blanco espectral de las paredes, era las ventanas del piso superior, en las que no se veía ninguna luz de ningún tipo. Lo cual, por cierto, no significaba absolutamente nada.

El Opel estaba aparcado a la sombra del muro, parado y cerrado, sin nadie en su interior. Martínez sacó el teléfono móvil e, inclinándose todo lo que podía sobre el aparato, alumbró la matrícula con la tenue luz azul de la pantalla mientras María examinaba y anotaba los números. Aun con aquella iluminación precaria, se podía apreciar el brillo de color zafiro de la carrocería del vehículo.

—Es este coche, Martínez.

El agente chasqueó la lengua y se incorporó.

—¿Qué piensas de todo esto? —le preguntó, escrutando las ventanas a oscuras con el ceño fruncido.

María respiró hondo, y durante un segundo tuvo la impresión de que aquella casa muerta estaba riéndose de ellos. Y del misterioso pánico de Lisi. Y de todo.

—¿Sinceramente? —contestó—. Creo que, si perdemos esta partida a la ruleta rusa, y lo de la legión de pistoleros resulta ser verdad, nadie va a oírnos gritar.

—Sean cuantos sean, saben que somos unos mandados, Tollar. A menos que estén más pirados de lo que ya parecen, no van a atraer a una trampa a un par de agentes sin nombre solo para reventar su estrategia perfecta exhibiendo en las noticias dos cadáveres más. Pero tampoco creo que Martos nos haya llamado solo para que vengamos a arrestarlo por asesinato... así que, como uno nunca sabe realmente lo pirado que puede llegar a estar el prójimo, voy a llamar a los refuerzos. Solo por si las moscas.

María asintió y continuó observando el ominoso edificio, atenta al menor sonido que pudiera escucharse en el interior; aunque cada vez estaba más convencida de que no era necesario. Y no porque no hubiera nadie allí dentro.

Era evidente que quien quiera que hubiera sido capaz de urdir un plan de asesinato como el que les habían puesto a desenmarañar a ellos jamás caería en una trampa tan sencilla. El único sitio del mundo en el que los malos se ponían nerviosos, y empezaban a necesitar estornudar justo en el momento adecuado para que la policía los detectara, o decidían cometer la estupidez de aparecer de repente para tomar a la agente femenina como rehén y hacerse perseguir por toda la comarca antes de ser rodeados por un montón de sirenas vociferantes, era en las películas. Las personas inteligentes de verdad dan mucha, mucha más guerra, y de manera mucho, mucho más sutil.

¿Quién habría matado a aquel hombre, y por qué?

¿Carmen Garona, la prometida a la que no había podido amar?

¿Fernando Martos, el empresario demasiado rico para un trabajo demasiado mediocre que quería atar el último cabo suelto antes de zarpar, cosa que no podría hacer mientras uno de sus empleados estuviera tirando de él?

¿Don José Villegas, el cura, que distaba mucho de ser un gran santo?

Todos ellos tenían un motivo para querer verlo muerto. Todos ellos los habían conducido, uno tras otro, a callejones sin salida. Cada vez que creían haber dado con la respuesta, esta se les escapaba entre los dedos como una sombra líquida. Era posible, incluso, que no hubiera sido ninguno de los tres. Pero todo apuntaba a que los tres sabían quién lo había matado y por qué, y a que estaban protegiéndolo por alguna razón. Si es que realmente esa persona, o grupo de personas, necesitaba protegerse. Si es que los papeles del gato y el ratón no estaban, en realidad, invertidos: aquella llamada parecía ser solo un juguete más; el último chiste antes de disparar y acabar con todo. Tal vez por eso la víctima había muerto riéndose.

—Uno para todos y todos para uno —susurró, con una sonrisa amarga.

—¿Cómo dices? —le preguntó Martínez, salido de ninguna parte. María lo miró inquisitivamente—. Los refuerzos vienen en camino, dicen que entremos dentro de cinco minutos. ¿Qué estabas diciendo?

La agente dio un respingo al notar que algo vivo y peludo se apretaba con fuerza contra sus piernas, pero sonrió al notar un contacto húmedo en la mano: solo era Lisi, que estaba encantada de volver a estar fuera del transportín. Martínez emitió un bufido de frustración.

—Estaba inaguantable. Si se ponía a ladrar, lo iba a estropear todo; así que la he dejado salir. Simplemente, mantenla cerca de ti para que no se ponga a hurgar aquí y allí y acabe contaminando pruebas. Ahora entiendo por qué te cuesta tanto encontrarle... ¿niñero? ¿Perrero? ¿Cuidador?

—Lo siento. Pero si se ha puesto tan nerviosa solo por tener que estar en el transportín dentro del coche, imagina si la dejo a solas en el piso. Cuando vuelva, me encuentro con que ha intentado preparar la cena.

—¿Duerme alguna vez?

—Supongo que sí, porque está sana. Pero yo, al menos, nunca la he pillado haciéndolo. —Estuvo tentada de reírse para aliviar la tensión, pero no pudo hacerlo. Como siempre, Lisi le contagiaba una parte de su alegre despreocupación; pero esa noche hasta su propia inquietud parecía estar en el aire, y no podía deshacerse fácilmente de ella: a oscuras y delante de la casa donde tal vez iban a intentar matarla, todas las risas, hasta la suya, le parecían la carcajada seca y dura de la muerte—. Y hablando de pillar: antes decía «uno para todos y todos para uno». Como D'Artagnan y los tres mosqueteros, que hicieron ejecutar en secreto a la secuaz de Richelieu y, luego, se libraron de que este los echara a la justicia encima utilizando sus propias credenciales.

—¿Qué quieres decir? ¿Que crees que hay alguien poderoso detrás de todo esto que está ayudando a emborronar las pistas? ¿Alguien en las altas esferas que debe un favor?

—Hasta eso parece posible ahora mismo. Lo que quiero decir es que no lo sabremos a menos que uno de los tres confiese... y que, mientras los otros dos lo estén encubriendo, ninguno lo hará. ¿Y ahora va Fernando Martos y nos llama? ¿En serio?

—A mí también me parece sospechoso —reconoció Martínez—. Pero cosas más raras han pasado. La realidad supera la ficción.

—Dos minutos.

Lisi se había apartado un poco de su dueña y estaba oliscando aquí y allí, tal vez en busca de indicios de compañeros o rivales caninos, y parecía sumamente decepcionada, así que era poco probable que hubiera perros en aquel caserón. Eso, desde luego, facilitaría las cosas, si a Lisi no le entraban ganas de ponerse a intentar cantar algo y las hacía más difíciles todavía. Martínez y María intercambiaron una mirada tensa y empezaron a seguir la tapia, en busca de la puerta de entrada.

Tal y como habían esperado, se trataba de una espesa puerta de madera, con goznes y argollas de hierro cubierto de óxido. Probablemente hubiera sido necesario un auténtico ariete para forzarla; pero, cuando Martínez fue a coger uno de los gruesos anillos, la hoja cedió con solo rozarla y sin emitir el menor chirrido, como si fuera nueva. Hasta el momento, Martos había cumplido su palabra.

El patio empedrado estaba cubierto de polvo y restos de hojas, y resultaba prácticamente imposible, con aquella luz y los medios de que disponían, ver indicios de actividad reciente. Desde allí se podía ver toda la vivienda, además de los restos de un viejo corral desvencijado en el que hacía décadas que no podía esconderse un ser humano sin correr peligro de morir aplastado. Todas las ventanas estaban abiertas y vacías.

Lisi se adentró en lo que quedaba del corral, oliscando todos los rincones, y lanzó un fuerte ladrido inesperado.

—¡Lisi, ven aquí! —le ordenó María, con un rugido bajo.

La perra obedeció, agitando la cola alegremente. Traía algo en la boca, y lo depositó, despacio, a los pies de su dueña. Era un paño mugriento, que despedía un potente olor a vinagre y dejaba entrever un objeto que emitía reflejos metálicos.

—Dios, no será... ¡Martínez, alumbra esto!

La luz azul del teléfono iluminó claramente una pistola. Los dos policías se miraron, estupefactos.

—¿Estás adiestrando a tu perra?

—¡Claro que no! Lo más probable es que le haya llamado la atención el olor a vinagre, porque lo uso mucho para limpiar humedades. Aunque me temo que nos va a servir de poco: sea o no el arma homicida, no quedará mucho que sacarle.

—Déjala a la entrada del corral para que no la toque nadie más. Y venga: los refuerzos estarán aquí dentro de poco, tenemos que darnos prisa.

Aquel hallazgo le había provocado a María una sensación vaga de angustia. Aunque se suponía que cada pista que encontraban era una señal de que estaban en el camino correcto, no podía dejar de percatarse de que todas estaban evidentemente (demasiado evidentemente) borradas; ni sacudirse la persistente impresión de estar dirigiéndose por voluntad propia hacia un precipicio guiada por un cebo.

La garganta se le estrechó aún más cuando se dispusieron a entrar en la vivienda y la puerta de chapa pintada de marrón oscuro se abrió con la docilidad con que se desliza una gota de agua.

—Esto me gusta cada vez menos.

—A mí también. Pero es todo lo que tenemos, así que no pierdas de vista a tu Lisi.

Ahora sí podían encender las linternas. El vestíbulo estaba lleno de pisadas de varios pies diferentes, distinguibles incluso a simple vista unas de otras, pero había tres pares de zapatos colocados ordenadamente en un rincón: unos mocasines marrones, unos pulcros zapatos negros de ejecutivo y unas elegantes bailarinas grises de ante con tacón bajo.

—Otra gota de miel en los labios. ¿Ya podemos empezar a pensar que se están burlando de nosotros, Martínez?

—A estas alturas, yo diría que es más que obvio. Aunque, qué quieres que te diga... casi tengo curiosidad por ver hasta dónde pretenden llevarnos. Y los zapatos son una pista más o menos clara de que tiene que haber al menos tres personas. Si Martos está aquí, no está solo.

No querían arriesgarse a intentar encender la luz; pero Lisi no necesitó que lo hicieran para dedicar un par de minutos a oler minuciosamente cada zapato y, luego, adentrarse en el oscuro comedor vacío, repleto de muebles cubiertos por una capa de polvo que les daba un aspecto más deteriorado del que debían de tener en realidad, además de insinuar que hacía bastante tiempo que aquel lugar estaba deshabitado. El mismo aspecto tenían la cocina y el estudio, revestido de estanterías sin un solo libro: aquella casa estaba abandonada, y había sido resucitada solo de manera temporal para un propósito muy concreto.

María y Martínez subieron, casi conteniendo la respiración y pisando con sumo cuidado, por la empinada escalera, que sí había sido fregada y barrida con esmero, detrás de una Lisi que no parecía compartir en absoluto la creciente inquietud de sus acompañantes humanos.

La línea de luz que pasaba por debajo de la puerta que había al fondo iluminaba casi todo el pasillo, pero el silencio era tan profundo que les resultaba irreal. Sobre todo, porque no habían visto aquella luz por las ventanas antes de entrar. Así que María no necesitaba que su perra se sentara delante de aquella puerta, y emitiera un gañido bajo y lastimero, para imaginarse que no iba a gustarles lo que iban a encontrar detrás.

Era como si todas las pistas, recogidas o extraídas, los hubieran llevado hasta ese punto. Como si nunca hubieran podido llevarlos a otro.

Sacaron sus armas y e intercambiaron una mirada rápida.

—¿Fernando Martos? ¡Policía!

La voz que les contestó era, desde luego, la del hombre que estaban buscando. Pero en lugar de sonar firme y resuelta, como la habían oído varias veces durante los interrogatorios y por teléfono, sonaba débil y entrecortada; con un desagradable sonsonete que parecía esconder una risa ahogada bruscamente interrumpida.

—Pasen, agentes. Los estaba esperando.

Martínez abrió la puerta de golpe.

La habitación era una pequeña sala de estar, con el suelo cubierto por una raída alfombra de color esmeralda que debió de haber sido lujosa hacía mucho tiempo y tres sofás cómodos rodeando una mesa de cristal, con una persona recostada en cada uno de ellos. Sobre la mesa había tres tazas vacías con posos de té o café. Y, por supuesto, las otras dos personas presentes eran José Villegas y Carmen Garona.

Había algo siniestro en aquella especie de puesta en escena (porque María estaba convencida, desde antes incluso de abrir la puerta, de que aquello solo podía ser el último cuadro de una obra que ya había durado demasiado); en la tranquilidad de aquellos tres sospechosos que jamás hubieran podido cometer ese asesinato, en el olor a almendras de los posos que quedaban en los vasos todavía tibios, en el contraste del vestido plateado con la piel blanquísima de Carmen, en la mirada perdida en el infinito y el rictus angustiado de don José, en la silenciosa y atroz sonrisa (o mueca) de Fernando. Maldita sea, incluso los sonidos que emitía Lisi estaban empezando a adquirir una nota disonante y lúgubre.

—Joder, esto es una pesadilla. No puede ser verdad.

Por toda respuesta, Lisi emitió un aullido infinito que les heló la sangre.

Aunque lo hicieran, para cumplir con los protocolos pertinentes, no necesitaban tomarles el pulso a los cuerpos desmadejados. Ni analizar los restos de la sobremesa envenenada.

Así sonaba, para María, la carcajada seca y dura de la muerte.

—¡Maldita sea! Tollar, llama a emergencias. Si tienen que rodar cabezas, que no sean las nuestras.

María apartó a la perra de la mesa, para evitar que sintiera la tentación de jugar con las tazas, que todavía tendrían restos de arsénico, mientras Martínez se asomaba por la ventana para ver si veía llegar a los refuerzos que había pedido, antes de coger el teléfono y empezar a hacer llamadas, para acabar contándoselo todo a la Guardia Civil.

Que habían recibido una llamada hacía dos horas, en la que uno de los investigados por un caso reciente de asesinato, Fernando Martos, había pedido expresamente a los agen-

tes encargados de llevar el asunto que acudieran a aquella dirección, porque poseía datos nuevos que podían ayudar a esclarecerlo todo y no podía acudir a declarar a comisaría. Que ellos, los agentes Martín Martínez y María Tollar, se habían desplazado de urgencia, y habían cumplido con los protocolos para preparar una posible operación policial, puesto que el señor Martos se había negado a darles la suficiente información como para prever el escenario con que se iban a encontrar en el sitio. Y que, al acceder al interior de la vivienda, se habían encontrado con una pistola limpiada con vinagre que podría, según las pruebas que poseían, ser el arma homicida del caso que estaban investigando; así como con los cadáveres de sus tres investigados, todos ellos sospechosos en un momento dado y luego desestimados por la ambigüedad y confusión de las pruebas.

No, no había rastros de la presencia de una cuarta persona en la casa. Es más, parecía que el escenario de los hechos había sido elegido y preparado a propósito para evidenciar el rastro de los tres sospechosos, además de eliminar todo lo que pudiera llevar a pensar que pudiera haber más implicados.

Sí, había sido, con toda seguridad, un envenenamiento: el característico olor a almendras de los posos en las tazas inducía a pensar en arsénico. Fernando Martos les había hablado desde detrás de la puerta justo antes de morir, pero no había pedido auxilio: su voz había sonado tranquila y jocosa. Sí, habían intentado reanimarlos, pero no lo habían conseguido.

Si realmente habían bebido arsénico, debían de haberlo tomado en algún momento después de llamarlos, porque debían de haber encendido la luz después de que ellos accedieran a la vivienda y Martos había muerto justo después de invitarlos a pasar.

En resumen, todo apuntaba a un suicidio pactado.

—Muchas gracias, sentimos sinceramente que todo haya acabado así —manifestó Tollar, a modo de despedida. Ignorando el nudo que se le había hecho en el estómago, colgó el teléfono y se dirigió a su compañero—: Martínez, ya vienen.

Y se marcharon de la sala de estar, de nuevo precedidos por Lisi, algo menos alegre de lo normal, dejando allí los tres cuerpos, para ir a encontrarse con el resto del equipo.

No se dieron cuenta de que habían estado respirando solo a medias hasta que llegaron al patio y pudieron llenar los pulmones por primera vez desde hacía casi dos horas. Con aquella luz gris, casi parecía que ellos también hubieran bebido de aquellas tazas. Lisi era la única que, apretándose contra las piernas de su dueña, tal vez para consolarla un poco, tal vez buscando un poco de consuelo, daba la impresión de estar viva de verdad.

—Si hay algo que me toca la moral —dijo Martínez, con un tono muy contenido— son los asesinos cobardes. A un cerdo que mata como ha matado este, habría que obligarlo a vivir... que mire a las víctimas a la cara y aguante los gritos y las cámaras, que se siente en el banquillo, que escuche al jurado declararlo culpable y al juez llamarlo asesino... que tenga que hablar con su gente delante de un funcionario de prisiones en la sala de visitas de la cárcel durante veinte malditos años y

que, cuando salga, tenga que seguir andando, con el peso del muerto encima, el resto de su vida.

—Un cerdo... o una cerda —señaló su compañera—. Que Carmen Garona no apretara el gatillo no significa que no estuviera detrás del disparo. Es algo que, con los medios de que disponemos ahora, no sabremos jamás.

—Lo mismo da, entonces. El caso se ha cerrado, y el cobarde en cuestión ha escapado de su castigo.

—Estoy de acuerdo —contestó María. Ella también estaba empezando a sentir cómo el estupor iba siendo sustituido lentamente por la rabia—. Pero no creo que esta gente se haya suicidado por cobardía. De hecho... si esto fuera una novela, o una película, estos serían de esos villanos a los que a una no le queda más remedio que odiar absolutamente; sobre todo, porque no puede dejar de admirarlos.

—¿Sigues pensando, entonces, que han jugado con nosotros desde el principio?

—Y hasta el último segundo. No me sorprendería en absoluto que acabemos descubriendo que don José se ha confesado y comulgado por última vez una hora antes de beber de esa taza, que Carmen firmó su testamento ante notario mientras pensaba en qué echarle al puchero y en recoger a los niños en la escuela, y que Fernando Martos le ha dejado en el suyo todo lo que la ley le ha permitido a diferentes instituciones y asociaciones de su pueblo, al margen de todo lo que ha estado donando a lo largo de estos últimos dos años desde «Panamá».

Era la única manera de que el caso se cerrara sobre sí mismo, ¿no? Convertirlo en una misión suicida y morir matando.

Martínez le dirigió una mirada incrédula, que sostuvo la suya, seria y oscura, durante unos minutos.

—Locos —murmuró—. Como putas cabras.

María negó con la cabeza, mientras acariciaba distraídamente a Lisi para que parase de sollozar. Permaneció en silencio un par de segundos más, dudando de si era buena idea contarle a su compañero todo lo que tenía en mente respecto aquel caso; o si debía limitarse a contárselo a su mascota una vez hubieran vuelto a casa, en el silencio de su piso, aprovechando que ni ella ni las paredes le iban a devolver la palabra jamás. Pero necesitaba alguien que sí lo hiciera, y Martínez, al menos, intentaría entenderla.

—Ojalá —acabó por decir—. Ojalá estuvieran locos, porque todo sería mucho más sencillo. Pero me temo que no. Simplemente... eran tres personas que querían ver muerta a otra, que se conocieron por casualidad en una fiesta parroquial y decidieron, juntos, que les compensaba mucho más matar y morir que arriesgarse a que los pillaran en sus respectivas farsas y seguir viviendo. Por mucho que quisiera a sus hijos, por muchas charlas sobre motivación que diera y por muchas personas a las que haya salvado la vida con consejos atinados y empoderadores, Carmen era una mujer profundamente desgraciada; atrapada sin remedio en un matrimonio de pura conveniencia con un hombre que le arruinaría lo poco que le quedaba de vida si se atrevía a intentar marcharse, con la autoestima por los suelos... y, además, era particularmente homófoba: hu-

biera comprendido, sin la menor dificultad, que el único gran amor de su vida la hubiera dejado, a menos de un mes de la boda, por otra mujer, la que fuera; pero no le cabía en la cabeza que hubiera podido dejarla por un hombre, así que había estado todos estos años echándole a él la culpa de toda la mala suerte que había tenido en sus relaciones desde ese día. ¿Don José? Era un curilla anodino, famoso en su comunidad por su labor en el África ecuatorial, atendiendo enfermos y dando de comer al hambriento, que esperaba escapar de sus propios deseos impuros hacia niños prepúberes españoles cuidando religiosamente a niños prepúberes africanos, que le resultaban mucho menos atractivos. El obispado nos dijo que la víctima del asesinato lo había acusado varias veces de solicitación y abusos reiterados, y que no se le había hecho el menor caso a ninguna de esas inculpaciones; a pesar de que había mantenido la acusación toda su vida, amenazando incluso con hacerla pública para forzarles la mano. ¿Y Fernando Martos? Sabía que su contable llevaba un tiempo sospechando lo del asunto de la offshore, y que podía reunir todas las pruebas que quisiera en cuanto le viniera en gana, cuando él ya estaba a punto de liquidarlo todo para jubilarse anticipadamente; pero él quería destinar su dinero a surtir la biblioteca y reconstruir el polideportivo de su pueblo natal, no a pagar un soborno... y, desde luego, ¡en su pueblo lo consideraban un mecenas a la antigua, y hasta habían pensado en ponerle su nombre a una calle! ¿Qué pasaría si todos los periódicos de tirada nacional lo sacaban en primera plana, anunciando a bombo y platillo que había obtenido gran parte de su fortuna a base de defraudar a Hacienda? Evidentemente, convertirse en uno más de esos tipos aborrecibles de cara a la galería era mil veces peor que la parte de pasar sus últimos años mozos encerrado, que ya de por sí era mala.

—No sé hasta dónde quieres llegar.

—¿No es evidente? Todos ellos tenían tantos motivos para matar como para morir: en cuanto empiecen a salir a la luz todas estas miserias, a nadie le va a sorprender que se hayan suicidado. Hay dos cosas que este tipo de personas no pueden soportar: la infamia y la conmiseración ajena. Pero, gracias a este suicidio, carecemos de pruebas para asociarlos a este asesinato. Si hubiéramos llegado solo un minuto antes, tendríamos a nuestro asesino, vivo o muerto... pero ahora solo tenemos a tres imputados que han sido descartados como autores materiales del asesinato uno detrás de otro. Las investigaciones ya no tienen razón de ser... así que, independientemente de lo que llegue hasta la prensa, si es que llega algo, las cosas seguirán exactamente como siempre, cuando no mejor que nunca. Y el objeto de sus maldiciones está donde nunca volverá a suponer un problema para nadie. Todo atado y bien atado. Un gambito arriesgado, pero muy ventajoso a escala general de la partida.

—Para ser un alma cándida dispuesta a creer ciegamente en la bondad innata del ser humano, tienes unos puntos de cinismo que me dejan de piedra hasta a mí, Tollar. ¿Y no tienes una teoría sobre a cuál de los tres se le pudo ocurrir esta mierda?

Su compañera le dedicó una sonrisa lobuna y una mirada torva.

—Creo que se le podría haber ocurrido a la víctima. Es más: creo que se me podría haber ocurrido a mí.

—Imposible tragarse eso. ¡Si pisas una araña venenosa por accidente y le pides perdón! Me creo que eres capaz de llevar un arma encima solo porque te estoy viendo ahora mismo.

—Y, por ese motivo, a ti no se te hubiera ocurrido. Y tal vez, solo tal vez, a ti sí te pillarían. —Hizo una pausa pensativa—. En realidad, la única diferencia entre nosotros y ellos es que nosotros no sabemos de nada por lo que estemos dispuestos, dispuestos de verdad, a jugárnoslo absolutamente todo.

El solo acto de pronunciar estas palabras la hizo sentirse como si hubiera proferido una maldición, o un juramento particularmente fuerte, algo que le habían enseñado desde siempre que no debía hacer jamás (lo que viene de nosotros siempre vuelve a nosotros, decía siempre su abuela), y tuvo la sensación de que la helaban por dentro al salir de su boca. Lisi emitió otro gañido triste, y ella, sin pensárselo dos veces, se arrodilló en el suelo y la abrazó con fuerza, tragándose las lágrimas.

Siempre decía las cosas tal y como las pensaba, pero había veces que se preguntaba si había algo en ella que no iba del todo bien: si era normal sacar aquel tipo de conclusiones, si de verdad era oportuno que alguien que pensaba así tuviera un trabajo como el que ella había elegido. A veces se tenía miedo a sí misma. Sobre todo, cuando, a pesar de todo, sabía que estaba en lo cierto, y que la conclusión a la que había llegado podía ser, precisamente, la verdad.

¿Era posible que Martínez tuviera razón, en cierto modo, y que aquellas personas también se hubieran quedado heladas por dentro al pensar en lo que estaban haciendo? ¿Y si Carmen Garona había llorado por sus hijos huérfanos

justo después de beber de la taza? ¿Y si Fernando Martos, al llamarles por teléfono, había dudado sobre si citarles en aquel viejo caserón o pedirles que llamaran a una ambulancia? ¿Y si, en el instante de su muerte, José Villegas se había quedado paralizado de terror al pensar en lo que podría venir después, según los términos de la religión que decía profesar, para un pederasta con las manos manchadas de sangre que se ha suicidado para perfeccionar sus crímenes?

¿Y si la razón por la que la víctima se reía era porque había visto el miedo atroz que había en los ojos de su asesino (o asesina... o asesinos) justo antes del disparo?

¿Quién había conseguido, en realidad, reír el último?

***

No estoy del todo segura de si me desperté realmente sola, porque tenía la sensación de que algo frío y duro me había empujado fuera del sueño.

Al principio me costó un poco reconocer el lugar; tal vez porque había algo en la habitación que no era del todo igual que en el momento en que me metí en la cama, lo último que recordaba haber hecho. La cama era la misma, del mismo color oscuro y con el mismo dosel de gasa blanca, a juego con las sábanas. El escritorio, con su lámpara inclinada sobre mi material de escritura, era el mismo. La puerta del baño estaba tan cerrada como yo la había dejado. Incluso mi vestido seguía colgado del espaldar de la silla y mis zapatos debajo de la butaca. Tardé un minuto o dos en percatarme de que lo que había cambiado, en realidad, era yo.

Yo nunca me he emborrachado (me aterroriza la pérdida de control de las funciones motoras y la alteración de la consciencia que implican una intoxicación etílica); pero creo que la amnesia temporal que, según dicen, suele darse una vez que se ha depurado el alcohol debe de parecerse un poco a cómo me sentía yo en aquel momento: estaba convencida de que había hecho algo justo antes de apagar la luz, pero no tenía ni idea de qué era. Y, a medida que iban pasando los minutos, la sensación fue evolucionando, adquiriendo pequeños matices, hasta tomar un cariz aún más angustioso: tenía la impresión de que debía estar en otro lugar y haciendo otra cosa, de que estaba olvidando algo importante, de que estaba dejando de cumplir con una obligación terrible e inexcusable.

La tormenta parecía haberse detenido, y la quietud que reinaba en el exterior era tan escalofriante como el vacío de mi memoria. El latido todavía desbocado de mi corazón me hacía temblar todo el cuerpo, y parecía retumbar en todo el dormitorio vacío y silencioso. Aterrorizada ante aquella especie de bruma opaca, que podría estar ocultando tanto un camino como un precipicio, decidí levantarme y dar un pequeño paseo por los anchos y luminosos pasillos, esperando que un espacio un poco más abierto (y, tal vez, encontrarme con otro ser humano con dificultades para conciliar el sueño) me ayudara a volver a ensanchar los pulmones y, tal vez, a recordar aquello que se me había olvidado; dónde y cuándo era la cita a la que no había acudido, con quién y por qué.

Cuál no fue mi sorpresa al abrir la puerta de la habitación y casi chocar con Lorenzo y Clara, que se llevaron un susto mayúsculo, es decir, como el mío.

—¡Laura Medina! —exclamó él—. ¿Qué hace usted aquí?

—Bueno, estoy alojada en el hotel, como ya les comenté en el restaurante —contesté yo, bastante confusa—. Así que, en realidad, tendría que ser yo la que pre...

—No, no nos referimos a eso. Lo que queremos decir es que parece ser que tendría que haberse marchado hace ya rato.

Lorenzo estaba muy tranquilo; pero Clara parecía preocupada y nerviosa, y miraba en todas las direcciones constantemente, cada vez más aterrorizada. Afuera, la tormenta estaba empezando a recrudecerse de nuevo, y el murmullo del agua al caer se mezclaba con rugidos lejanos.

—Abuelo, vámonos, por favor. La gente se ha vuelto completamente loca, y no sabemos cómo va a acabar todo esto.

—No va a pasar nada, tesoro. Acabamos de llegar, esto no tiene absolutamente nada que ver con nosotros. Aunque tal vez no pueda decir lo mismo en su caso, señorita. A lo mejor debería quedarse en su habitación... a menos que quiera irse usted también.

En ese momento, empecé a darme cuenta de que lo que había tomado por el rumor creciente de la lluvia y el retumbar de truenos era, en realidad, el sonido de decenas de pasos a la carrera que iban de un lado para otro, manipulando lo que debían de ser objetos bastante grandes o pesados.

Al parecer, Lorenzo y Clara no eran los únicos en aquel lugar que se estaban preparando para una huida precipitada, en plena noche y bajo la tormenta, del Hotel Proteo. Y lo que él me acababa de decir me hizo pensar, de repente, que todo aquello podía estar relacionado con lo que quiera que fuese que se me había olvidado.

—No lo entiendo —reconocí—. ¿Qué ha pasado? ¿Hay que evacuar el hotel?

—No tenemos ni idea —contestó Lorenzo—. He preguntado ya a varias personas, pero son incapaces de explicarme a qué viene este pandemónium con un mínimo de claridad. No estamos en el camino de un incendio, ni de un huracán; se está acabando la tormenta y, si hubiera habido un terremoto, lo hubiéramos notado. Pero todo el personal con quien me he cruzado me ha insistido en lo importante que es que dejemos este sitio vacío antes de que ocurra lo que sea que vaya a ocurrir.

Pues si no hay justificación racional para marcharse del Hotel Proteo, con dos noches y otra cena ya pagadas y este tiempo más de lobos que de perros, me dije yo, a mí no me sacan de aquí ni a tiros. Pero tampoco iba a espetarle aquello a dos personas que estaban, al parecer, tan desorientadas como yo.

—Voy a ver si alguien me dice algo —dije, al fin—. A lo mejor ni siquiera hace falta asustarse tanto.

—Ten cuidado —me pidió Clara.

Y así fue como pasé de estar intentado desesperadamente huir del contacto con el personal del hotel a empezar a buscarlo igual de desesperadamente.

Al principio, me había parecido que los temores de Clara respecto a la súbita locura que se había apoderado del lugar eran, como mínimo, exagerados; pero me bastó recorrer dos pasillos y bajar una planta para darme cuenta de que, en realidad, apenas se había acercado tímidamente a un intento de descripción.

En algunas zonas necesité esperar a que se me acostumbrara la vista, porque las luces estaban fundidas, cuando no rotas; al igual que varias de las grandes ventanas, por las que entraban el viento y el agua. Las cortinas estaban empapadas, muchas de ellas incluso habían sido arrancadas a tirones de sus rieles, y hasta en los escasos metros de moqueta que no estaban enlodados, o rasgados, había decenas de huellas de pies y de patas de muebles, o de ruedas de maletas sacadas a rastras de las habitaciones. Papeleras volcadas, papeles desgarrados o triturados y trozos de muebles rotos sembraban el suelo; ante la mirada atónita de los escasos huéspedes que, como yo, parecían haber escapado milagrosamente indemnes de la especie de huracán que debía de haber recorrido los pasillos para dejarlos en semejante estado, y que, en su mayoría, una vez que conseguían reaccionar tras el impacto, corrían a encerrarse en la habitación abierta más cercana que encontraban.

—Dios —se me escapó, más para mí misma que para cualquiera de los supervivientes que vagaban por aquella desolación, y que se volvieron para mirarme—. Esto es realmente de locos.

—¿Usted es Laura Medina Solaní, la escritora? —me preguntó una mujer, joven, con el pelo oscuro y aspecto agotado, que se parecía horrores al retrato mental que yo me había hecho de Ana Cabrera, la señora de Expósito, mientras escuchaba la historia de Lorenzo.

—Sí, soy yo.

—Pues entonces le recomiendo que vuelva a su habitación y que espere allí a que se solucione todo.

—Pero ¿qué ha pasado?

—Dicen que han encontrado a alguien muerto, no he entendido bien quién, y que la policía viene para acá para investigar.

Aquellas palabras golpearon con fuerza algo dentro de mí. O, más bien, atravesaron como una bengala mi espesa laguna mental, destellando débilmente a través de la densa niebla. Aquello bastó para convencerme por completo de que, por algún motivo que todavía no alcanzaba a discernir, todo aquel revuelo estaba relacionado con lo quiera que fuese que yo había olvidado. Tardé unos instantes en darme cuenta de que no tenía el menor sentido.

—¿Y? ¿No se supone que deberíamos quedarnos, precisamente, para colaborar con la investigación? —pregunté.

La mujer se encogió de hombros.

—Eso mismo decimos mi marido y yo... pero casi nadie nos escucha. Es como si les hubieran dicho que vienen los hunos. En fin: de ser usted, volvería a mi cuarto y me encerraría en él, porque hemos visto a gente vandalizando habitaciones. Que pase una buena noche.

—Igualmente.

Y se metió con toda la tranquilidad del mundo en la habitación que tenía justo al lado, colgó en la puerta un cartelito de «No molestar, por favor» y la cerró con una suavidad que parecía casi fuera de lugar. El chasquido de la cerradura, de producirse, fue ahogado por un nuevo estruendo, procedente de algún lugar del pasillo a oscuras que tenía justo detrás de mí, que me hizo pensar de inmediato en una mesa cayendo a plomo por encima de una baranda y haciéndose pedazos contra los escalones.

No solo la situación se estaba volviendo cada vez más frenética; sino que, además, la escueta explicación que había conseguido, en lugar de ayudarme a entender lo que estaba sucediendo, hacía que me resultara aún más confuso. Durante unos minutos, estuve convencida de que había oído o entendido mal lo que me acababan de decir. Aquello de que la causa de aquella hecatombe fuera que uno de los huéspedes había muerto, y que la policía iba a venir a averiguar cómo había ocurrido, simplemente, no podía ser verdad.

Sin embargo, no me apetecía en absoluto que vandalizasen mi habitación mientras estaba fuera; así que decidí aceptar el consejo, aunque solo fuera para asegurarme de que mis pertenencias estaban a salvo. Aquella parecía ser precisamente el tipo de situación que alguien podía aprovechar para intentar otro movimiento extraño lo bastante ambiguo como para no ser considerado denunciable, y no pensaba ponerle las cosas fáciles a nadie, si podía evitarlo.

No pude tomar el ascensor, porque mi ya temido botones y uno de sus compañeros estaban cargando dentro unas cuantas sillas de algo que parecía roble, y forradas con algo que parecía terciopelo, procedentes de una habitación con puerta doble que se parecía a una *suite*. Di media vuelta y decidí subir por la escalera, esperando que la hermosa alfombra roja groseramente empapelada encubriera mi huida.

Cuando, al llegar al rellano de la escalera, me tuve que estrujar contra una de las paredes para permitir el paso a un grupo de camareros (que estaban bajando por las escaleras, con más prisa que precaución, una pesada mesa de juntas), estuve convencida de que, efectivamente, había tomado la decisión adecuada.

—Típico de los *escritorzuchos* que se creen que son más que nadie por haber conseguido que una editorial de segunda publique su basura.

Los camareros actuaron como si no hubieran oído aquel desagradable apóstrofe, pero yo miré hacia el punto de procedencia de aquella voz de mujer cargada de desprecio. La recepcionista que me había atendido al llegar estaba apoyada en la barandilla, supervisando tranquilamente a un grupo de mujeres vestidas, como ella, con el uniforme del Hotel Proteo, que iban detrás de los camareros; cada una llevando en brazos uno o dos televisores, un espejo parecido al que había en mi propia habitación o una pila de ordenadores portátiles. Se había interrumpido para observarme desde allí, con infinito desdén. A su lado estaba Julián, aparentemente esperando, como yo, a poder utilizar la escalera.

—Si no le gusta la «basura» publicada por «editoriales de segunda», lo único que tiene que hacer es no leerla, que nadie la ha obligado —repliqué yo, molesta.

—En realidad tiene algo de razón —opinó Julián, con su característico tono sereno y diplomático—. No te lo tomes a mal, por favor; pero tu novela es mala a reventar. Hay gente que no debería poder publicar.

Ya estaba acostumbrada a ese tipo de dardos en las redes sociales y los comentarios de suscriptores a periódicos digitales, y siempre me los había tomado con filosofía (no se le puede gustar a todo el mundo, y por cada esputo humillante me encontraba varias críticas respetuosas y muchos comentarios de ánimo), pero no es lo mismo leer algo que escucharlo. Las inflexiones jocosas en la voz y la sonrisa condescendiente, acompañadas de una afiladísima mirada cruel, me sentaron como un puñetazo en el estómago, y no me eché a llorar allí mismo porque tenía cosas más importantes en las que pensar.

—Pero delante de Lorenzo, Melisa y el resto del club de lectura sí que te gustaba mi técnica narrativa, ¿verdad? —le espeté—. ¿O es que cambias de gustos según quién los escucha?

—¿Estás insinuando que soy un lameculos? —me preguntó, con el mismo tono sardónico.

—Eso de «insinuar» es cosa de manipuladores de mierda y de lameculos. Yo lo que hago es «afirmar».

—Con razón escribes como escribes. No aceptas las críticas, y lo único que quieres es imponerle tu opinión a los demás. Por lo menos yo no te he insultado: me he limitado a constatar el hecho de que no sabes escribir. Solo te leen porque tienen un pésimo gusto.

—¿Y a mí qué me importa? Yo escribo porque tengo cosas que decir y porque me gusta. Ya mejoraré con la práctica.

Por toda respuesta, la recepcionista emitió una desagradable carcajada y se marchó, agitando su larga y reluciente melena; mientras, el personal del hotel seguía desfilando escalera abajo, llevándose uno a uno todos los objetos de valor. Cuando, finalmente, pude alcanzar el rellano, me encontré con que Julián también se había ido.

Todavía ofuscada, intenté abordar a varios de los camareros y botones que iban y venían para intentar preguntarles por qué estaban haciendo aquello; pero me resultó imposible: pálidos y serios, espeluznantemente disciplinados, parecía que ni siquiera pudieran verme. Así que no me quedaba más remedio que seguir subiendo y refugiarme en mi habitación. Como necesitaba desahogar una parte de mi rabia para no ponerme a darle patadas a algo, rompí a correr, sin que me importara lo más mínimo estar atravesando varios pasillos a oscuras, esquivando a más camareros y recepcionistas que se llevaban sin el menor disimulo elementos del mobiliario, resbalándome de vez en cuando en la moqueta casi embadurnada de barro, y solo me detuve cuando empecé a quedarme sin aliento.

Nadie me dijo nada, ni reaccionó de ninguna manera, al ver cómo me colapsaba.

Era como si realmente no pudieran hacerlo. Como si fueran solo sombras; entes sin conciencia, o almas en pena que existían en un plano de la realidad totalmente ajeno al mío. O como si lo fuera yo.

Pasé varios minutos apoyada en una puerta cerrada, recuperando el resuello y al borde del llanto; mientras aquellas personas pasaban a mi lado, pisando indolentemente los charcos de agua y lodo, dejando a su paso más restos de papel, que se caían de las cajas y papeleras que transportaban, convirtiendo poco a poco aquellos antes elegantes pasillos en unas ruinas vacías; siempre sin prestar atención a los golpes y chirridos cada vez más espaciados, sin mirar a izquierda ni a derecha y sin percatarse de mi presencia.

De vez en cuando, algunos huéspedes salían de sus habitaciones para seguirlos, llevándose consigo su equipaje y dejando las puertas abiertas de par en par. Pero ellos sí parecían verme y, además, reconocerme. Alguno de ellos pareció sorprendido, como si no entendiera qué hacía yo allí. Otros, al caer en la cuenta de quién era, apresuraban el paso. Y, la mayoría, me lanzaban miradas inexpresivas, airadas o despreciativas, y mascullaban para sí o murmuraban entre ellos.

Ni que decir tiene que lo último que me apetecía era preguntarles si podían darme una explicación racional, o contarme algo medianamente inteligible, sobre aquel supuesto desastre que se aproximaba.

—Todo es culpa tuya.

Pese a que la reconocí de inmediato, aquella voz me sobresaltó, porque no había visto acercarse a nadie.

No obstante, allí estaba Beatriz, como si hubiera aparecido de la nada. Y todo rastro de la amabilidad que había manifestado hacia mí durante nuestra conversación en el restaurante había desaparecido por completo, reemplazada por una inflexible y opaca frialdad. Sus ojos, de expresión cálida y chispeante, que me habían recordado constantemente a los de su primo mientras hablábamos, parecían ahora dos rocas cubiertas por varias capas de escarcha, y me quedé helada por dentro en cuanto se cruzaron con los míos. La lengua se me quedó trabada como si se hubiera convertido en piedra.

—¿Qu... qué? —acerté a balbucir.

—Te dije que no era buena idea hurgar en el pasado —me contestó, o más bien siseó. Y el sonido era tan agudo y cortante que hubiera podido hacerme sangrar—. Te dije que era mejor no darle alas a Lorenzo... ¡Pero tú... no! ¡Tenías que escribir tu cochino libro! ¡Y mira lo que has conseguido! Ahora, todos estamos en peligro. Reza todo lo que sepas para que no te pillen también a ti, niña, o vas a acabar como tus tres villanos de opereta.

—Pero ¡si yo no he hecho nada! —exclamé, indignada—. ¿Qué tiene que ver todo esto conmigo?

—Todos... todos tenemos algo, Tollar. Tú misma lo has reconocido, con ese folletín de tres duros disfrazado de reflexión filosófica cultureta. ¡Si ni siquiera te acuerdas de lo que hiciste antes de irte a dormir! ¿Qué te crees? ¿Que van a tener piedad de ti? ¿Porque eres profesora de Nosequé y tienes un maldito doctorado en Nosecuánto, y has leído mucho de esto, de lo otro y de lo de más allá? No eres mucho mejor que nadie por eso, ¿sabes?

Me quedé como atascada durante unos segundos, completamente incapaz de reaccionar ante aquella acusación velada.

Soy consciente de no ser perfecta, ni una santa; de haber tenido momentos, incluso, en los que ni siquiera se me ha podido considerar lo que habitualmente se llama una niña buena. He cometido mis faltas y errores, he herido a personas que en realidad no se lo merecían, he hablado más de la cuenta alguna que otra vez y he dejado de hacer, muchas veces, lo que se esperaba de mí. Pero, desde luego, nunca me he escudado de esos defectos detrás de mis logros académicos.

Y, aunque lo hubiera hecho, aquella insinuación amenazante iba mucho más allá de lo que yo hubiera llegado siquiera a pensar hacer nunca.

—¡Por Dios, Beatriz, que solo es la policía! —repliqué, absolutamente escandalizada—. Además, viene con un propósito muy concreto: investigar una muerte en circunstancias sospechosas. A lo mejor no me acuerdo de lo que hice antes de acostarme, pero estoy convencida de no haber matado a nadie.

Ella emitió una desagradable carcajada.

—¡Como si a ellos les importara eso!

Y se adentró en la oscuridad del pasillo, sin parar de reírse. Incluso varios minutos después de que la negrura se tragara su silueta, aquella horrenda risa seguía levantando ecos en los pasillos.

Hasta que la tapó el sonido trepanadoramente agudo, inconfundible, de una sirena, y una luz azul intermitente entró por los cristales rotos y sin cortinas. Varios pisos por debajo de mis pies empezaron a oírse pasos rápidos y pesados, y voces masculinas y femeninas. El estruendo a mi alrededor, así como los gritos y los llantos, había cesado por completo. Ya solo quedaba yo, todavía helada de espanto, petrificada en medio de aquella desolación.

Por algún motivo, aquella situación hizo que me viniera a la cabeza otra de aquellas historias que había aprendido de niña; aunque en aquel momento no conseguí recordar dónde la había visto u oído, ni quién podría habérmela leído o contado. Desde aquella noche, he buscado a conciencia ese relato por todas partes; pero nunca he podido averiguar quién lo había escrito o recopilado, ni cuál era su título. Es una historia muy corta, que no puedo recordar sin tener la sensación de que dice mucho más de lo que yo en su momento entendí de ella.

Érase una vez un castillo en las montañas en el que vivía una poderosa estirpe de gigantes.

Un día, la hija del señor estaba jugando en el bosque, y se alejó más de lo habitual. En su paseo curioso, acabó llegando a unas tierras de cultivo en las inmediaciones de una aldea.

Y allí se encontró un hombre, con su arado y sus mulos, labrando un campo.

Alborozada, la niña los recogió cuidadosamente, envolviéndolos con primor en un pañuelo, y se los llevó a su casa para jugar con ellos.

Tarde o temprano, los agentes acabarían encontrándose conmigo, o yo con ellos. Pero, antes de que ocurriera, quería asegurarme de que nadie había entrado en mi habitación y tocado nada de mi equipaje: no podía permitirme perder mi material de trabajo apenas un rato antes de que empezara el congreso. Así que yo también me levanté y me adentré, tranquilamente, en el pasillo a oscuras. Si me encontraba con algún agente, le contaría todo lo que supiera y pudiera recordar.

Para sorpresa de la joven giganta, su padre no sé tomó nada bien su asombroso hallazgo. Aterrorizado, le lanzó una furiosa reprimenda:

—¡Es un ser humano! ¿No te hemos dicho tu madre y yo que no te acercaras nunca a ellos?

Y entonces le contó un viejo secreto, una antigua profecía que encerraba una vieja maldición tan poderosa como olvidada:

—El día que un hombre entre en este castillo, los gigantes desaparecerán para siempre.

Y ordenó a su hija que llevara al campesino de nuevo a su aldea, lo más rápidamente que pudiera, esperando que, así, podrían evitar que el destino cayera sobre ellos.

Entonces, volví a percibir ese olor.

Dulzón, nauseabundo.

Se hacía cada vez más fuerte a medida que me iba adentrando en aquel pasillo sucio y desangelado.

Al doblar una esquina más, me di cuenta de que no estaba sola.

Delante de mí, caminando al mismo paso tranquilo que yo, había un hombre.

No necesitaba que se diera la vuelta para saber quién era. Estaba escrito en el olor a podredumbre que desprendía, y podía intuir en su rostro aquella terrible mueca infinita que había sido el enigma de toda mi vida. Y la moqueta que ambos pisábamos estaba manchada de sangre bajo sus pies.

Fue entonces cuando me di cuenta de que aquel rastro espantoso estaba allí para mí.

Que me estaba guiando hasta ese encuentro que yo había olvidado que tenía.

Pero era demasiado tarde.

Al día siguiente, el castillo de los gigantes se había convertido en unas viejas ruinas. Y sus habitantes, todos ellos, hasta el último, habían desaparecido sin dejar el menor rastro.

El rastro se detenía delante de una puerta cerrada, una puerta normal y corriente, totalmente anodina, que podría haber sido la de la habitación que estaba justo al lado o justo enfrente, que podría haber sido incluso la de la mía. Y, en algún lugar cerca de mí, sonó una campana.

Fue entonces cuando lo recordé todo.

Y me desperté.

***

Me había puesto el despertador a las seis y media, para asegurarme de llegar a tiempo al lugar y a la hora que figuraban en la nota.

Faltaba poco para el amanecer, y la tormenta había amainado, pero el cielo seguía cubierto hasta más allá del horizonte. Las luces de la ciudad les daban un tinte anaranjado a las espesas nubes bajas, dando la opresiva impresión de que, su parte superior, la que estaba fuera del alcance de mi vista, estaba en llamas. Sin viento ni lluvia, el jardín seguía teniendo un aspecto oscuro; pero ahora parecía más bien mustio, como si estuviera extenuado tras el espantoso furor de hacía unas horas.

Me quedé unos minutos observando las desnudas ramas empapadas, de las que seguramente todavía caían gotas cristalinas, que iban a parar a los negros charcos a sus pies, o a perderse en la gruesa alfombra de coloridas hojas que yo no podía apreciar desde allí. Hasta que me di cuenta de que, en realidad, estaba esperando todavía a empezar a oír a mis espaldas el retumbar de la otra tormenta; la que había arrasado el Hotel Proteo en mis sueños, y de la que yo había sido testigo como la recordaba ahora, más como una mera espectadora curiosa que como una protagonista involuntaria. Aquellos árboles inmóviles me daban a entender que todo había terminado mientras yo dormía; pero las nubes de cobre invitaban a pensar que todavía no había empezado. Que los árboles estaban recuperando fuerzas para el siguiente asalto y que el cielo tascaba el freno. A mi alrededor, el Hotel Proteo todavía estaba en silencio: había algunas habitaciones con las luces o la televisión encendidas, y podía oír el sonido de los escasos coches que pasaban por la calle, en las inmediaciones del edificio; pero nada más. Ninguna de aquellas ventanas estaba rota, ninguno de aquellos coches tenía luces azules ni sirenas. No había indicios de saqueo, de huidas precipitadas, de pánico.

Era como si todas las cosas estuvieran esperando a que yo acudiera a mi cita.

A que diera el primer paso.

Ese era, al parecer, mi cometido.

Me vestí a toda velocidad, guardé en la maleta las pocas cosas que había sacado y me aseguré de tener a mano todo el material que necesitaba para mi conferencia. No porque esperara que aquella especie de doble ciego fuera a resultar, efectivamente, en el caos que había visto en mi sueño. Más bien porque no estaba segura de cuánto rato duraría la entrevista, y quería estar segura de que tendría el tiempo suficiente para llegar a la universidad con antelación, poder conocer un poco el sitio y asegurarme de que el material informático que tendría que utilizar estaba a punto; así no tendría que ajustarme a lo que hubiera sobre la marcha. Y, por el mismo motivo, tampoco quería que al personal del hotel le diera por entrar a limpiar temprano y me tocara tener que esperar en la puerta al volver; así que, al salir, colgué en la puerta el cartelito de «No molestar, por favor».

Aunque supongo que, una vez más, me estaba engañando a mí misma.

Los pasillos no podían estar más limpios y tranquilos, y a mí, que los había visto completamente destrozados y llenos de confusión hacía apenas un cuarto de hora, casi me parecía estar visitando otro mundo. Me crucé con algunos hombres y mujeres, tanto solos como en grupos o parejas, más o menos tambaleantes, vestidos de fiesta, que volvían a sus habitaciones con los botones superiores de la camisa desabrochados o los finos zapatos de tacón alto en la mano. Uno o dos de ellos, que parecían más cansados que bebidos, me dieron los buenos días. También me crucé con algún que otro camarero o botones del servicio de habitaciones, que iba a, o venía, de atender a algún huésped que hubiera pedido un desayuno temprano; pero ninguno de ellos reaccionó, excepto por alguna mirada afilada cargada de algo que parecía una mezcla de desaprobación y alarma.

Desde el momento en que tuve en la mano la nota que me había pasado el cocinero (que podía estar escrita por él o no), ya no descartaba absolutamente nada respecto al personal del Hotel Proteo. Tal vez era cierto que aquella animadversión, que ni siquiera se molestaban en disimular, formaba parte de un sutil y retorcido ataque moral, para castigarme por una novela que, según había percibido el gerente (o dueño) del hotel, había dejado en mal lugar al establecimiento. Tal vez, en realidad, la limpiadora se había equivocado y, simplemente, yo había hecho algo muy ofensivo sin darme cuenta. Ya no estaba segura de nada.

Ni siquiera estaba segura de que la persona a la que iba a ver pudiera explicarme lo que estaba pasando allí o, al menos, ayudarme a solucionar la situación. O de que lo de la cita no fuera, en realidad, una trampa para darme el golpe de gracia. Pero, aun teniendo en cuenta la alta probabilidad de estar en ese último caso, no podía evitar sentir curiosidad por ver en qué consistía aquel nuevo sabotaje. Estaba empezando a acostumbrarme a la situación hasta tal punto que había dejado de tener miedo.

Cuál no fue mi sorpresa al llegar ante la puerta de la habitación 36, a las siete y diez, y encontrarme allí al cocinero y a Lorenzo, con la espalda apoyada en la pared, charlando a media voz con tono distendido. Cuando levantaron la vista, y me miraron con una idéntica expresión inquisitiva, supe que estaban allí exactamente por el mismo motivo que yo.

Un antiguo agente de la ley, un empleado raso del Hotel Proteo y una profesora de universidad que escribía en sus ratos libres.

Dos hombres y una mujer que se habían encontrado en una fiesta, cada uno de ellos con sus propios motivos para haber llegado hasta allí; los tres con un objetivo común.

De repente, las horribles palabras de la Beatriz de mi sueño resonaron dentro de mi cabeza como un aldabonazo. Y no pude evitar que se me escapara un gemido de angustia, ni reprimir un escalofrío terrible, que me dejó paralizada unos instantes, hasta tal punto que el cocinero se acercó, con aire de preocupación, y me sujetó los hombros con cuidado.

—¿Necesita un vaso de agua, señorita Medina? —me preguntó Lorenzo.

—No, es solo que yo... que no... que no me esperaba esto —contesté yo, titubeando—. Creía que todo este asunto iba solo conmigo.

—No —dijo el cocinero—. Por supuesto que no. El rumor sobre la habitación 36 lleva un tiempo propagándose entre el personal del hotel; incluso algunos de los huéspedes, como ustedes dos, se han enterado. Pero solo usted y el amigo Lorenzo se lo han tomado lo bastante en serio como para hacer esto... o se han atrevido a hacerlo.

El tono del hombre, desde luego, no era el de estar compartiendo un secreto con dos personas escogidas. Hablaba con naturalidad y franqueza, aunque en voz más bien baja; probablemente, solo para evitar molestar a los demás huéspedes, muchos de los cuales debían de estar durmiendo todavía.

—Antes de nada, me gustaría volver a pedirle disculpas por el desastre de anoche —me dijo, con expresión contrita—. Prácticamente, me amenazaron con echarme a patadas sin miramientos con la primera excusa más o menos creíble que encontraran, y no supe cómo reaccionar. Vamos, que me pusieron entre la espada y la pared: este trabajo es la única fuente de ingresos para mi familia, con tres hijos estudiando gracias a becas y una suegra en silla de ruedas a la que mi mujer va a tener que estar cuidando hasta que se muera... y además me costó mucho conseguirlo, por no hablar de todos los años que me han hecho falta para hacerme más o menos imprescindible en esa cocina. Pero no puedo evitar pensar que debería haber hecho algo, o haber actuado de cualquier otra manera, y me siento fatal.

Lo bueno de ser plenamente consciente de que se está sufriendo una situación de acoso por un motivo concreto, aunque no se esté seguro de cuál es en realidad, es que uno no necesita desperdiciar fuerzas enfadándose con el mundo para tener la sensación de que está luchando contra sus circunstancias. Aunque le hubiera guardado el menor rencor a este hombre, se podía considerar más que perdonado gracias a la tarta de queso y la araña de chocolate; pero lo cierto era que me resultaba imposible culpar de nada a la única persona que había tenido un comportamiento decente conmigo a pesar de la consigna recibida. Y menos aún vistas las maneras que se gastaban en aquel sitio contra la gente que les estorbaba: lo más probable era que tuviera motivos serios para estar asustado. Tal vez, hasta se hubiera estado arriesgando demasiado al aprovechar su escaso margen de decisión para ser amable.

—No se lo tengo en cuenta. Por cierto... la tarta estaba perfecta, ¡y gracias por la araña!

El cocinero sonrió de todo corazón, y pareció más tranquilo.

—Qué menos, mujer, algo tenía que hacer. Me alegro de que le gustara.

Arreglado lo que parecía ser el asunto que había pendiente entre nosotros, me dispuse a interesarme por los supuestos detalles sobre la situación que, hasta ese momento, había desconocido por completo.

—Volviendo al asunto que nos trae aquí, ¿qué dice el rumor, exactamente? —pregunté—. ¿Y qué es eso de que nadie se lo ha tomado en serio excepto nosotros?

—Yo he venido, como quien dice, por mera curiosidad —contestó Lorenzo—. Anoche, mi viejo amigo Felipe me invitó a venir con él a visitar al misterioso inquilino de la habitación 36 a las siete de la mañana. Y yo, que me despierto a las seis todos los días, sin falta e independientemente de si tengo o no algo que hacer, decidí que por qué no; aunque tengo que reconocer que me sorprende un poco el horario.

Creo que me quedé mirando a Felipe (por fin me enteraba del nombre de nuestro tercer acompañante) con la extrañeza escrita en la cara, porque él rio quedamente y se encogió de hombros.

—Lo que dice el rumor es que hay un huésped alojado desde hace unos meses en esa habitación, al que varias personas aseguran haber visto entrar y salir durante las noches, para desaparecer sin dejar rastro con un sonido similar a un disparo en algún momento entre las siete y cuarto y las siete y veinte.

—Como el fantasma del padre de Hamlet con el canto del gallo —comentó Lorenzo, con tono jocoso—. O el conde Drácula.

Yo me quedé mirándolos, literalmente, con la boca abierta, y sin saber qué pensar. Felipe se rio de nuevo y le guiñó un ojo al viejo agente.

—Algo de eso parece haber... porque, por más que varios huéspedes de las habitaciones contiguas se han quejado de haber oído movimiento ahí, o de haber visto las luces encendidas a altas horas de la noche, o hasta dicen haberse despertado sobresaltados a primera hora de la mañana al oír en ella el sonido de un disparo, en la recepción no solo insisten en que lleva cerrada varios meses, también dicen que hace siglos que nadie la pide. Cada vez que entra alguien a hacer tareas de mantenimiento, a comprobar si no habrá habido un error con las reservas y los registros o, por supuesto, se echa la puerta abajo para rescatar a su ocupante, resulta estar vacía. No solo no hay nadie dentro, sino que está totalmente deshabitada; llena de polvo, sin sábanas en la cama ni productos de aseo en el baño, y con alguna que otra tela de araña cerca del techo. Y, desde luego, ni rastro de una pistola, ni de nada que pueda producir un sonido similar al que describen los huéspedes; así que siempre se llega a la conclusión de que los disparos venían de alguna película que alguien estuviera viendo en alguna de las habitaciones cercanas o, en realidad, de que no eran disparos, sino cualquier otra cosa que se le pareciera. Sin embargo, no hará ni media hora que me he encontrado con uno de seguridad que jura, por la gloria de su madre y de su padre, que acaba de encontrarse con el misterioso inquilino de la 36 por segunda o tercera vez en lo que va de mes.

—Y todas las mañanas... precisamente a las siete y diecisiete, por lo que me puso usted en la nota... ¿se oye el disparo y la persona desaparece?

—Exactamente —afirmó el cocinero, con rotundidad—. Creo, señorita Medina, que esa es la razón por la que a los jefes no les ha hecho demasiada gracia su libro: están convencidos de que todo empezó, más o menos, cuando usted lo publicó... y de que es la razón principal por la que la gente ha empezado a hacer comentarios extraños, e infundados, aseguran ellos, sobre la habitación 36. La consideran a usted una especie de, digamos, elemento perturbador.

Al oír aquello se me encogió el estómago, a pesar de que aquella teoría no me parecía en absoluto más verosímil que la que me había ofrecido la limpiadora.

—Es absurdo —dije, casi enfadada, tanto por aquel pánico repentino e injustificado como por lo descabellado de aquella idea—. Usted dice que nunca se ha encontrado nada en ese cuarto, así que ¿qué importa mi novela, o por qué tiene que haber sido mi novela la que creara la leyenda? Es más, ¿no hay misterios sobre casi todos los edificios históricos que se precian? ¿Por qué el mío les molesta tanto? ¡Hay gente que va a la Torre de Londres precisamente para ver si se encuentra por casualidad con Ana Bolena!

—Eso mismo me pregunté yo anoche, cuando uno de los jefes de personal me dijo que usted estaba aquí, y que mi trabajo era conseguir que no volviera a venir nunca más sin destruir la reputación del negocio. Y yo me digo: muchas molestias se están tomando, y mucho se están arriesgando estos, solo por un rumor infundado. Para empezar, porque reventarle la estancia a un cliente es jugar con fuego; para seguir, porque en mi casa siempre se ha dicho que quien sabe que tiene la razón no necesita andar aporreando a los demás para demostrarlo. Y por eso he pensado que usted también consideraría, como Lorenzo y yo, que merece la pena hacer un último intento de esclarecer el asunto y acabar con toda esta historia de una vez por todas: igual es cierto que todas esas coincidencias tan extrañas tienen explicaciones racionales; pero los problemas que está causando esta histeria colectiva, sobre todo al mezclarse con la paranoia de los jefes, son reales. Mire, si no, lo que se han empeñado en hacerle a usted. El caso es que, si realmente hay un tipo que vive en esa habitación solo por las noches, hay que encontrarlo dentro antes de que suene el disparo... y por eso les he dicho de venir a estas horas. Con Lorenzo podía hablar con más libertad; pero en su caso, como comprenderá, no podía decírselo directamente, ni darle indicaciones más claras al respecto, sin correr el riesgo de levantar la liebre entre el resto del personal. Y yo consideraba que, en tanto es usted la que está pagando las consecuencias, este asunto le concierne más que a ninguno de nosotros dos; así que me pareció que, decidiera o no involucrarse en él, debía estar al tanto. Lo siento mucho si la he asustado. Le aseguro que no era mi intención. Y, desde luego, si desea usted dejarlo estar y olvidarse de la propuesta, no se lo vamos a tener en cuenta.

Jamás, desde que me convertí en lectora asidua de novelas de misterio, se me llegó a pasar por la cabeza que yo misma podía acabar involucrándome en uno. Porque, tal vez precisamente por mi gusto por ese tipo de tramas ficticias, tenía instalada en el inconsciente la noción de que esas cosas solo pasaban en las películas. A pesar de que sabía que estos sucesos ocurren de vez en cuando, y que todas las situaciones extrañas parecen cosa de magia, o de locura, hasta que uno las vive en persona sin ser un mago ni estar loco, había algo de irreal en la idea de que un policía jubilado y un cocinero me propusieran, sobre todo a mí, que colaborase con ellos para resolver no oficialmente un caso que parecía extraído, como el mismo Lorenzo había hecho notar, de una novela gótica. Todo lo que me acababa de contar Felipe era tan imposible como que una camarera de habitaciones encontrara por casualidad un cadáver debajo de una cama en su primer día de trabajo. Y, a pesar del fantasma que me perseguía desde hacía años, y del acoso que estaba sufriendo en el Hotel Proteo, yo seguía siendo solo una profesora, demasiado acostumbrada a cerrar el libro que tenía en las manos, o a levantarme del patio de butacas, para seguir viviendo en el mundo real en cuanto se acababa la historia. Tal vez por eso la propuesta me dio un pésimo presentimiento.

O tal vez eran las palabras de Beatriz, que, a pesar de ser soñadas, seguían destilando amenaza desde algún rincón de mi cerebro. Un recuerdo de una situación que, en realidad, no había vivido; pero que, por alguna razón, era más real para mí que el presente y la vigilia que estaba viviendo en ese momento.

Sin embargo, también me acordaba de la propuesta que me había hecho el día anterior; una determinación que sí había vivido y una decisión que sí había tomado yo: que el Hotel Proteo no conseguiría aplastarme, ni siquiera aunque pudiera conmigo. Ni siquiera si resolver ese nuevo enigma implicaba llamar a la puerta de un desconocido para saber si realmente existía y, tal vez, incluso entrevistarlo.

—Pueden contar conmigo.

Felipe me tendió la mano, y yo se la estreché.

—Son pasadas las siete y diez —nos anunció Lorenzo, mirando su reloj—. Faltan dos o tres minutos... así que, si queremos hacerlo hoy, tenemos que intentarlo ya.

Y yo contesté, tragándome los restos del pánico como pude:

—Entonces, vamos.

Felipe y Lorenzo asintieron en silencio y vinieron detrás de mí.

No se oía nada más allá de la puerta cerrada. No se veía ninguna luz por la rendija.

—¿Y si se niega a abrirnos? —pregunté, dubitativa.

—No podemos entrar sin permiso —dijo Felipe—, así que tendremos que arriesgarnos a que no quiera vernos. Pero no creo que ocurra: ya le he dicho que la presencia de esta persona en el hotel no es ningún secreto, y que él no solo no se ha molestado lo más mínimo en ocultarla, sino que ha ido por ahí haciéndose ver por todo el que tenga ojos y ocasión de cruzarse con él. La única manera de conseguir más rápido que alguien acabe yendo a buscarte es publicar tu hazaña en Youtube; lo único que al tipo le falta por hacer.

Llamé a la puerta con tres golpes, que tronaron y retumbaron en el pasillo vacío.

Y la voz que contestó casi me golpeó los oídos. Demasiado bien la conocía ya, a pesar de no haberla oído nunca estando despierta. Pero lo peor de todo era que sonaba débil y entrecortada, con un desagradable sonsonete que parecía esconder una risa ahogada bruscamente interrumpida.

—Pasen, por favor. Los estaba esperando.

Fue como si algo se apoderase de mí: en contra de mi propia conducta habitual en situaciones extrañas, abrí la puerta de golpe sin pensármelo dos veces, con una mezcla de terror y desesperación, y me lancé al interior de la habitación como si una presencia invisible me estuviera persiguiendo. O, más bien, como si tirase de mí y me arrastrara con una fuerza sobrenatural. No me di cuenta de que Felipe y Lorenzo habían entrado detrás de mí hasta que uno de ellos encendió la luz a mi espalda.

La habitación no era muy diferente de la mía. Las cortinas eran del mismo material y color carmesí, el suelo estaba revestido de la misma madera oscura, los muebles tenían una factura muy similar, la cama tenía un dosel de gasa blanca prácticamente idéntico.

La única diferencia significativa era que no había alfombra, un detalle que me llamó poderosamente la atención por algún motivo. Eso, y que la estancia daba la impresión, como había dicho Felipe, de no haber estado habitada en meses: la ventana estaba cerrada y las cortinas corridas; la cama consistía únicamente en un colchón desnudo y dos grandes almohadas sin funda, cercados por el consabido baldaquín con todas las cortinas abiertas, y la belleza del mobiliario estaba ensombrecida por una capa de polvo espesa e intacta. De hecho, incluso había algunas arañas de patas largas, no muy grandes, colgando indolentemente de sus telas en uno de los rincones más alejados de la puerta, lo cual me desagradó a más no poder. Pero ni siquiera aquellas criaturas, casi tan inofensivas como terroríficas para mí, que estaban evidentemente vivas, y la luz cálida de la lámpara encendida podían disimular un poco la frialdad extrema que reinaba en aquella estancia. Recorrimos toda la habitación, descorrimos las cortinas, abrimos las ventanas y exploramos el baño, en el que lo único que encontramos fue otra tela de araña, que además estaba vacía.

Era imposible que hubiera un ser humano viviendo en aquel cuarto desolado y, más aún, que hubiera pasado varios meses habitándolo.

Por las grandes ventanas, que nosotros mismos habíamos abierto, podíamos ver cómo el cielo cubierto empezaba a pasar del cobre ahumado a un tono gris cada vez más claro, a pesar de la densa niebla que invadía los jardines.

Eran las siete y diecisiete. Y la habitación llevaba muerta, como mínimo, varios meses.

Todavía estaba esperando a que mi cerebro saliera de su estado de estupor, a que mis circuitos neuronales se descongelaran y volvieran a funcionar, de manera que pudiera, al menos, empezar a intentar encontrar una explicación, cuando lo noté.

Era casi imperceptible, pero esta vez era imposible que me lo estuviera imaginando.

Ese ya demasiado familiar hedor denso, a carne muerta y sangre seca, a podredumbre abandonada y olvidada.

—¡Ese olor! —exclamé, sin poder contenerme—. ¿Cómo es posible?

—¿Disculpe? —preguntó Felipe, visiblemente perplejo.

Lorenzo oliscó al aire.

—No huele a nada. ¿Es algo que sale del váter?

—Imposible, está cerrado y precintado. Además, percibir olores es parte de mi trabajo.

Durante un minuto o dos, dudé de mi cordura. Me convencí de que aquella vieja obsesión había acabado por trastornarme, y de que mi vieja pesadilla se había apoderado de mis días como ya dominaba mis noches. Tengo que buscar atención médica, pensé. Me sentía hasta mareada.

—Por favor. Necesito pedir un taxi.

—¿Tan temprano? ¿Qué ocurre?

—Me encuentro mal.

El olor se hacía cada vez más fuerte, y yo ya solo quería salir de allí cuanto antes y hacerme curar aquella alucinación.

—Espere... ¿es por el olor ese que dice? —preguntó Felipe, con tono vacilante, apoyando una mano en el hombro de Lorenzo. Inspiró profundamente, y luego se tapó la nariz. Su cara había adquirido un tinte verdoso—. Joder... sí, tiene razón. Buena nariz tiene, señorita Medina... pero esta vez no se la puedo envidiar. ¡Puaj! ¡No me sorprende que se haya puesto mala! Me da igual lo que digan en la recepción: tengo que pedir que vengan a repasar este cuarto.

Lorenzo, alarmado, imitó a su amigo y frunció el ceño, con gesto de profundo desagrado.

—Sí... es verdad. ¿Cómo no hemos podido notarlo antes?

Guardó silencio unos instantes, paseando entre Felipe y yo una mirada oscura y torva.

—Huele a cadáver. En avanzado estado de descomposición.

Ni siquiera tuve tiempo de sentirme aliviada por haber descubierto que no estaba loca. El presentimiento que había empezado a invadirme desde el momento en que me encontré con ellos dos frente a la puerta de la habitación, que se había adherido a mi inconsciente y me estaba atormentando desde allí con la voz terrible de Beatriz, volvió a propagarse por mi cerebro, y luego por todo mi cuerpo, como una descarga.

Caí en la cuenta de que, quien quiera que fuese aquel muerto, solo podía ser la misma persona que nos había invitado a pasar. Un segundo después, me percaté de que era imposible que un cadáver despidiera semejante hedor llevando muerto solo unos minutos. Y de que el disparo no había llegado a sonar.

Creo que fue en ese momento cuando lo entendí todo.

Intentando deshacer el nudo que se me había formado en la garganta, traté en vano de tragar saliva, respiré hondo y, sin conseguir todavía poder decir nada, me recosté en el suelo para comprobar mis temores.

Efectivamente, debajo de la cama había alguien.

—Está aquí.

No recuerdo claramente cómo ayudé a Lorenzo y Felipe a levantar a pulso el enorme mueble y moverlo unos metros, cogiéndolo con sumo cuidado por el armazón con las manos envueltas en mi propio jersey.

Debía de tener unos diez años más que yo, y tenía el pelo corto, moreno y rizado y los grandes ojos oscuros, abiertos y vidriosos, perdidos en algún lugar más allá del techo. Llevaba un traje anodino, de color gris plomo, que contrastaba horriblemente con su piel fina, suave y ya blanca como el hueso desnudo. Incluso me percaté de las marcas violáceas que tenía en la parte superior de la nariz, señal de que había solido llevar gafas. Estaba acostado en la alfombra que yo había echado en falta al entrar, que podría haber sido muy parecida a la que yo tenía en mi habitación, pero cuyos detalles eran inapreciables por estar empapada de sangre.

No obstante, lo que más me llamó la atención fue la sonrisa gélida, fijada en sus rasgos para siempre por la muerte, a pesar del hilo de sangre que goteaba desde sus labios lívidos y del tiro en el pecho que lo había matado.

Era exactamente el mismo hombre que llevaba apareciéndose en mis pesadillas desde hacía más de la mitad de mi vida. El mismo hombre al que mi abuela había encontrado muerto, bajo otra cama, en otro hotel, décadas antes de que yo naciera.

Tampoco recuerdo claramente cómo Felipe salió corriendo de la habitación y, a juzgar por el ruido de arcadas y salpicones, vomitó en el pasillo. Ni cómo Lorenzo, con el semblante demudado, pero sin tan siquiera pestañear, sacó su teléfono móvil del bolsillo y, a juzgar por lo que empezó a decir un minuto después, llamó a la Guardia Civil.

Sé que tuvo que ocurrir todo eso; porque sí recuerdo, de manera muy vaga, haber visto, enmarcada en la puerta abierta de par en par, a una limpiadora, recogiendo afanosamente con una fregona el charco de vómito, y la llegada de una pareja de guardias, un hombre y una mujer, que estuvieron haciendo preguntas a Lorenzo y a Felipe antes de hablar también conmigo.

Pero todo aquello estaba como cubierto por la misma espesa niebla que había más allá de las ventanas: aunque lo hubiera intentado, no hubiera podido retener ni un solo detalle de las facciones de aquella limpiadora, o de los guardias que nos interrogaron; a pesar de que, hasta ese día, con un poco de esfuerzo, hubiera podido conseguir recordar casi cualquier cosa que me hubiera pasado a lo largo de toda mi vida, despierta o dormida; incluso recordaba situaciones que ni siquiera había vivido.

No podía mirar ni escuchar nada fuera de aquella mueca siniestra y de la voz que nos había invitado a pasar, que se repetía dentro de mi cabeza una y otra vez, como una obsesión. La seca y dura carcajada de la muerte.

No sentí miedo, probablemente porque sabía que no tenía sentido. Y tampoco horror, porque estaba demasiado acostumbrada a aquella escena; a pesar de que jamás se me había ocurrido pensar, ni en mis peores momentos, que fuera a vivirla yo misma un día.

Pero el haber escuchado aquella voz sarcástica ahogando su última risa, el ver aquellos rasgos fantasmagóricos tomar cuerpo y sangre ante mis ojos, el verme a mí misma obligada a reconocerlos y a preguntarme quién era ese hombre y por qué lo habían matado, fue superior a mis fuerzas. Y, sin que pudiera evitarlo, algo se rompió dentro de mí.

No sé cuánto rato pasé de rodillas junto al cadáver ensangrentado, llorando sin poder parar, de tristeza, de rabia y, sobre todo, de decepción.

Mientras el personal del hotel iba y venía, y su jefe discutía con Felipe al enterarse de que Lorenzo había llamado a las autoridades sin pensar siquiera en consultarlo a él o al gerente. Mientras el pasillo se llenaba poco a poco de huéspedes madrugadores que pasaban por allí, curiosos que querían saber qué estaba ocurriendo, y hasta morbosos sin remedio que esperaban conseguir hacer una foto de la escena del crimen. Mientras los agentes los dispersaban a todos.

No sé cómo pude obedecer la orden que se me dio de abandonar la habitación y responder a las preguntas de la agente sobre los detalles de mi participación en todo aquello, mis datos personales y los datos que pudiera tener sobre la víctima. Supongo que respondí mecánicamente, sin pensar demasiado en las respuestas, y que ella se quedó conforme con mi paupérrima declaración; porque, aunque me hizo repetir varias veces las mismas cosas, en distinto orden y cambiando las palabras a la hora de formular las preguntas, no me pidió que hiciera nada más, excepto, si en los próximos días me daba cuenta de que lo necesitaba, solicitar asistencia psicológica.

Solo me di cuenta de que no me había transformado en piedra cuando, sin estar segura de cómo, me vi a mí misma caminando a toda prisa por los pasillos, arrastrando mi equipaje, con el cerebro fijo sin remisión en la idea de abandonar aquel malhadado sitio y no volver a pisarlo nunca más. Solté la llave en el mostrador de entrada con sarcástica delicadeza, ignorando casi con obstinación las miradas sorprendidas de los huéspedes que llegaban, los murmullos de horror o conmiseración de los que se marchaban y la expresión tensa de aprensión culpable de la recepcionista, y me despedí con una evidente mirada de desprecio y un excesivamente civilizado saludo matinal en el que (esperaba que se notara) estaban encerradas todas mis maldiciones.

Aquel fue justo el momento en que el cadáver pasó por delante de mí, piadosamente protegido de las miradas impertinentes de fascinación malsana dentro de una bolsa negra, transportado con sumo cuidado y respeto por personal forense. Y yo supe que, en esa oscuridad amiga que por fin lo recibía, aunque siguiera con los ojos abiertos, un tiro en el pecho y una sonrisa ensangrentada en los labios, con el paso de los meses y los años, poco a poco, podría hacerse uno con la tierra. Dejar de esperar a que una camarera de habitaciones, o una profesora traumatizada, lo encontrara tirado debajo de la cama. No tener que volver a morir al alba de un disparo nunca más.

Entonces, por fin, sentí que mi cuerpo se descongelaba. Creo que incluso se me escapó una sonrisa, tal vez idéntica a la suya; pero la mía era de una mezcla de alivio y dolor. Salí del hotel justo detrás de él, con la sensación de que, si no lo hacía, la terrible oleada negra que me sacudía por dentro acabaría conmigo.

Aunque debía de hacer un buen rato que no llovía, las calles estaban casi completamente desiertas. Las superficies empapadas de piedra gris y parda despedían frío casi a simple vista, y emergían de la niebla matinal como tumbas viejas y descuidadas. No soplaba ni la menor de las brisas, pero el aire cristalino y helado me apuñaló a través de las ropas apenas puse un pie en el exterior. Aunque se suponía que había amanecido hacía rato, el cielo seguía estando tan cubierto que me hubiera resultado imposible deducir en qué momento del día me encontraba solo por la cantidad de luz y la posición del sol; hasta el sonido de mis pasos y el de mi maleta al rodar detrás de mí tenían una resonancia extraña, antinatural, como si todas las cosas a nuestro alrededor se callaran al oírme pasar para quedarse mirándome.

Caminé así, varias calles, bajo la luz de aquella mañana gris. Desde lo que más tarde pude saber que era el oeste, otro cúmulo de nubes cada vez más oscuras se cernía poco a poco sobre la ciudad.

Caminé así, durante un buen rato, sin estar del todo segura de a dónde iba.

Sí, sabía que dentro de unas horas debía estar en la universidad para asistir al congreso, en el que yo misma tendría que participar con una ponencia propia durante las sesiones de la tarde. Pero, más allá de ese presente inmediato, no tenía ni idea de dónde pasar la otra noche de tormenta que me esperaba; además de que tendría que estar localizable durante un tiempo, por si la policía contactaba conmigo para preguntarme más cosas.

La voz irónica del muerto resonaba en mi cabeza, sardónica, casi cruel, diciéndome que lo más probable era que esa investigación acabase exactamente igual que había acabado la que la había precedido. Que nadie supiera quién era aquel hombre, ni cuánto tiempo llevaba en realidad allí, ni cómo había podido tener lugar el asesinato, ni por qué nadie se había dado cuenta siquiera de que la habitación había pasado semanas, o meses, ocupada por un cadáver. Ni quién y por qué lo había matado. Que todo el mundo dijera que no habían visto ni oído nada extraño, que la habitación llevaba meses enteros deshabitada, y que hasta los inquilinos que habían presentado quejas por los disparos y los miembros de la plantilla del hotel que habían jurado, por la gloria de su madre y de su padre, que se habían cruzado cotidianamente con él dudasen de si realmente lo han visto allí alguna vez; o de si lo que habían oído se debía o no a la sugestión provocada por una novela policíaca.

A la vuelta de los años se lo acabarán creyendo, me decía el fantasma. Para que la sonrisa ensangrentada del muerto y la seca y dura carcajada de la muerte no los persigan en sueños, como te ha ocurrido a ti.

Eso fue lo que le pasó a mi abuela, después de todo. Y los luchadores con memoria larga, como ella, Felipe, Lorenzo y yo, somos demasiado pocos, y estamos completamente a solas con nuestro horrible enigma.

Cansada a pesar de que el día acababa de comenzar, me dejé caer en el primer banco que encontré, sin importarme que estuviera empapado, y pasé unos minutos con los ojos cerrados, inclinada sobre mí misma, abrazada a mi bolso, con la mirada perdida; esperando a que terminaran de enfriarse los rescoldos del rayo que me había fulminado y se me pasara la espantosa desolación que llevaba en el pecho. Entonces, tal vez podría buscar a un superviviente entre los escombros, ordenar mis pensamientos otra vez y pensar seriamente en cómo adentrarme de nuevo en aquella niebla casi sólida que tal vez velaba un profundo precipicio. Reunir fuerzas para volver a plantarle cara a la llamada del vacío.

Todavía perdida en aquella especie de trance, me pareció oír que empezaban a pasar coches por delante de mí, y la parte de mí que ya podía pensar en algo se alegró de que la vida estuviera empezando a regresar poco a poco a aquella especie de erial en que se había convertido la ciudad tras el diluvio. Aunque solo me percaté de que uno de ellos había empezado a aminorar poco a poco la velocidad, hasta detenerse a apenas un metro de mí, cuando oí que alguien llamaba a una persona que solo podía ser yo.

—¡Laura! ¿Es usted?

Era una voz familiar, y eso me sacó poco a poco de mi estupor. Enfoqué la vista de nuevo, casi sorprendida de encontrarme en medio de todo aquel caos con una persona a quien, al parecer, conocía de verdad.

Catalina, una de mis alumnas de cuarto (aunque se me hiciera muy raro llamarla así, teniendo en cuenta que era veinte años mayor que yo), me observaba con preocupación desde la ventanilla de un taxi. De pronto me sentí terriblemente avergonzada de haberme derrumbado en plena vía pública; a la vista de gente que, tal vez, iba a venir a escucharme hablar sobre Victor Hugo y Alfred de Musset aquella misma tarde.

—Ah, buenos días, Catalina —saludé, poniéndome en pie con toda la dignidad que mi pantalón empapado me permitía—. ¿Vienes al congreso? No esperaba a nadie de los cursos de grado.

—He tenido que atrasar la vuelta a la universidad, pero el próximo lunes estoy allí —contestó ella, haciendo con la mano un gesto tranquilizador, tal vez para darme a entender que su demora no se debía a ninguna circunstancia que hubiera que lamentar—. Y, como el congreso me ha pillado aquí, he decidido ir. ¿Se encuentra bien?

—Sí, sí, no te preocupes. Es que ha habido una movida en el hotel donde me estaba alojando, y aquí me ves, pensando en dónde me podré meter yo ahora.

—¿Qué hotel era?

—El Proteo.

—Vaya... ¿qué ha pasado? —preguntó, con los ojos muy abiertos.

—Ha aparecido un cadáver en una habitación. Un hombre solo, que nadie conocía de nada, y a quien ahora mismo estarán investigando. A todas luces, llevaba varios meses tirado debajo de la cama.

Me había acostumbrado tanto al nauseabundo hermetismo del Hotel Proteo que me sorprendió gratamente, a mi pesar, su expresión de estupefacción, horror y asco.

—¡Dios! ¿Tanto tiempo? ¿Y a nadie le molestaba el olor?

Estuve a punto de responderle que, probablemente, se habían acabado acostumbrando a él; pero luego me dije que no era la mejor manera de empezar el día para nadie que no tuviera las tripas bien curtidas. A lo mejor Catalina prefería, como hubiera preferido yo el día anterior a esa misma hora, enterarse de los detalles por la prensa.

—Ya te he dicho que era una movida. No pienso volver a ese sitio.

Arrugó el entrecejo y la nariz durante unos segundos, pensativa, y luego intercambió una mirada con el conductor del taxi.

—Bueno, si está buscando otro alojamiento, hay un sitio una cuantas calles más allá de Letras, y en esta época del año suelen tener habitaciones sin que haya que reservar con mucha antelación. Es solo un albergue, pero conozco a gente que ha estado allí y dicen que es cómodo, además de bastante barato; aunque es obvio que no tiene nada que ver con el Proteo. Si quiere, venga conmigo y la acercamos. ¿Sabes qué sitio digo, Ricardo?

El conductor, que debía de tener más o menos la misma edad que mi alumna, me lanzó una mirada penetrante y curiosa desde el espejo retrovisor. Era más o menos evidente que, aunque no me reconociera a mí (eso contribuyó bastante a que me sintiera mucho más cómoda en su presencia), sí conocía a Catalina.

—Sí, claro. No está lejos de donde Cata me ha dicho que la dejara, y yo también he oído que no está mal.

Tenía una voz rica y alegre, que me resultó reconfortantemente cálida. Después del trato recibido por el personal del hotel, de la espantosa noche y del horrendo final de aquella aventura, me resultaba casi increíble que alguien me tratase como a una persona normal. Hasta el frío que estaba empezando a tener por culpa de los pantalones empapados parecía más llevadero.

—Entonces ¿viene con nosotros?

—Sí, muchas gracias —dije. Mientras Ricardo se bajaba para poner mi equipaje en el maletero, Catalina se hizo a un lado para permitirme subir, y yo abrí la puerta, coloqué mi abrigo en el asiento y me acomodé en él. El coche olía a lavanda, y aquello me hizo recordar el pastel que Felipe me había servido la noche anterior, con su gigantesca araña de chocolate rellena de frambuesa—. ¿Sabéis si hay algún sitio cerca del albergue donde pueda desayunar? —pregunté, con cautela.

Estaba empezando a recuperarme de mi derrumbe y, aunque estaba más que decidida a no guardar en secreto absolutamente nada de lo que me había sucedido, tampoco me parecía necesario que supieran que me había escapado del hotel como si me persiguiera el diablo en persona; sin acordarme siquiera de que existía una comida matinal llamada desayuno, de que yo había pagado por uno, y de que lo iba a necesitar si no quería volver a derrumbarme en pleno congreso, esta vez por culpa de una lipotimia.

—Hay una cafetería justo al lado y un bar enfrente —contestó Ricardo—. Es justo donde suelo parar con la gente que me pide que los lleve allí, y siempre están llenos de gente de Letras.

—¿Y arañas? ¿Sabe usted si tienen arañas?

Catalina rio por lo bajo, y Ricardo se me quedó mirando durante un instante, con los ojos muy abiertos. Luego suspiró lentamente, antes de contestar:

—Me temo que eso ya no se lo puedo decir yo: uno no tiene nunca todo el control que quisiera sobre los bichos que quieren vivir con uno, ¿no? Solo hace todo lo que puede para que no entren... pero supongo que es inevitable encontrarse con una de vez en cuando. A mí tampoco me hacen la menor gracia, y por eso me gusta tanto el olor a lavanda. Por si no se había dado cuenta todavía. —Le dedicó un guiño cómplice a Catalina, y ambos se rieron, tal vez de alguna vieja anécdota compartida que yo no conocía.

Aunque no pude reírme yo también, se me escapó una sonrisa algo melancólica.

No sonaba nada mal.

—Perfecto —contesté—. Por favor, lléveme. ¿Pagamos el precio a medias, Catalina?

—Me parece bien.

—Muchas gracias.

Ricardo subió de nuevo al coche y nos pusimos en marcha.

La niebla se estaba disipando; así que por fin pude volver a ver con claridad, tanto a mi alrededor como delante de mí. Los vetustos edificios resucitaban poco a poco, los contornos húmedos se volvían más nítidos, la gente empezaba a ir y venir por las aceras en dirección a donde quiera que fuesen. La ciudad iba emergiendo lentamente de las nieblas de mi horizonte cerrado, y el peso que llevaba en el estómago fue desapareciendo de igual manera.

No tardé en percatarme, como si de una especie de nuevo presagio se tratara, de que estábamos dándole la espalda al sol levante y dirigiéndonos, en línea recta, hacia la nueva masa de nubes de color plomo que se cernía sobre la ciudad.

Pero yo estaba conforme. De hecho, cada metro que me alejaba del Hotel Proteo, de las sonrisas sarcásticas y del hedor a cadáver oculto durante meses en una habitación cerrada me reconfortaba como un soplo de aire fresco y limpio, cristalino y con olor a lluvia.

Ya recuperada, mi mente se volvió hacia aquel hombre muerto que había poblado mis pesadillas desde hacía tantos años. Hacia su mirada profunda perdida en el infinito y su sonrisa fría, que ahora me parecía descorazonadoramente triste. No necesitaba leer la prensa local que iría apareciendo a lo largo del día para saber que se hablaría bastante de los dos. Tal vez la policía se pondría en contacto conmigo a largo de las próximas semanas, tal vez no. Yo seguía sin saber quién y por qué había matado a aquel hombre, y tal vez fuera imposible averiguarlo. O tal vez no.

Lo único que realmente me importaba a mí era que, por fin, había salido del Hotel Proteo metido en una bolsa negra, a plena luz del día, escoltado por la policía, justo por delante de mí. Y yo no había podido menos que devolverle la sonrisa al verlo pasar, celebrando que hubiera conseguido, a pesar de todo y de todos, reír el último, y despedirme de él en silencio mientras se marchaba para siempre de mis sueños y de mi vida. Yo lo había encontrado y sacado de la habitación para hacerlo enterrar, que era todo lo que podía hacer por él, y eso tendría que bastarme por el momento.

Y sí, también sabía que el director, o el gerente (o directores, o gerentes; en realidad no es precisamente el detalle más relevante de esta historia), del Hotel Proteo no me perdonaría nunca aquel escándalo. Jamás. Pero no se le puede gustar a todo el mundo, y yo había acabado acostumbrándome a ello. Mi vida de profesora y escritora continuaba, por muchos truenos que cayeran, y yo iba a seguir andando: enseñando, escribiendo y, por supuesto, recordando. Porque esa es, después de todo, mi manera de enfrentarme a mis propios fantasmas.

En mi opinión, fuera lo que fuera lo que trajera la tormenta en la que me disponía a adentrarme, era infinitamente mejor que el falso amanecer que dejaba a mi espalda.

Este libro se terminó de editar en Granada
en mayo de 2024 por

Aliarediciones

www.aliarediciones.es

info@aliarediciones.es